मैं यहीं हूं

(दुर्गा भाभी की क्रांति-कथा)

डॉ. किशोर सिन्हा

मैं यहीं हूं (दुर्गा भाभी की क्रांति—कथा)

(नाटक) डॉ. किशोर सिन्हा

प्रथम संस्करण—जून—2025

ISBN : 979-889961452-1

Book- Main Yahin Hoon (Play Based on Durga Bhabhi)

Stage Play by Dr Kishore Sinha

Price : Rs. 150/- (One Hundred fifty) only.

शब्द—सज्जा तथा आवरण

डॉ किशोर सिन्हा

मूल्य : रु. 150/— (एक सौ पचास) मात्र

रंगकर्मी और निर्देशक

सुमन कुमार

के लिए....

लेखक उन विद्वानों का कृतज्ञ है, जिनकी पुस्तकों के आधार पर नाटक में ऐतिहासिक प्रसंग एवं घटनाओं के तथ्यात्मक विवरण समाविष्ट किए गए हैं। साथ ही, नाटक में प्रयुक्त गीत— 'हम होंगे कामयाब', मूल रचना— पॉल रॉब्सन, हिन्दी अनुवाद— डॉ. गिरिजा कुमार माथुर के प्रति भी आभार।....

डॉ. किशोर सिन्हा

शिक्षा	एम. ए., पी–एच. डी. (हिन्दी)
कार्यभूमि	आकाशवाणी, पटना में सहायक निदेशक (कार्यक्रम) पद से सेवानिवृत्त।
स्थायी पता	5–डी, तेजनारायण कॉम्पलेक्स, बी. एच. कॉलोनी, पटना–800026
विशेषज्ञता	लेखक–निर्देशक–अभिनेता, संगीतकार / फ़िल्मकार, मीडिया–विशेषज्ञ, रेकी–हीलर

प्रकाशित कृतियां

नाटक

1. विरासत *(रेडियो रूपक–संग्रह)–2001*
2. नारी! तुम केवल श्रद्धा हो–*2006*
3. चारूलता–*2014*
4. अपनी कथा कहो...–*2018*
5. नील–दशन और एक ख़ामोश नज़्म : अमृता प्रीतम –*2022*

कहानी

6. नई कहानी, पुराना पाठ : वाया व्हाट्स–एप–*2020*

उपन्यास

7. ताली *(उपन्यास)*–2023.

कविता

8. आओ धरें एक पग और–*2022*

आत्मकथा / संस्मरण

9. एक बंदी की डायरी–*2020*
10. तीस साल लम्बी सड़क–*2021*
11. फ़ेड इन... फ़ेड आउट–*2020*

मीडिया

12. रेडियो प्रसारण की नयी तकनीक–*2010*
13. रेडियो प्रसारण : नये संदर्भ, नयी भूमिका–*2022*

आलोचना

14. हिन्दी की आंचलिक कहानी : परंपरा और प्रयोग–**2002**

साक्षात्कार

15. उनकी बातें–*2023.*

निबंध

16. सामयिक हिन्दी निबंध–**1987**

यात्रा–वृत्तांत

17. सैलानी की डायरी : लेंस के आरपार–**2025**

संपादित

18. उपेन्द्र नाथ रैना : बहुआयामी सर्जक व्यक्तित्व–*2022*
19. अज़ीमाबाद की खुशबू *(ग़ज़ल-संग्रह : आर.पी. घायल)–2022*
20. समंदर पार इन्द्रधनुष *(प्रवासी कवयित्रियों का काव्य-संग्रह)–2022*
21. स्त्री की रोटियां बनती नहीं गोल हैं *(कविता-संग्रह : पूनमश्री)–2025*

अन्य

22. रेकी *(प्राणिक चिकित्सा)–2001*

1. आकाशवाणी और दूरदर्शन के लिए 30 से अधिक धारावाहिकों, 250 से अधिक नाटकों तथा 35 से अधिक रूपकों / डॉक्यूमेन्ट्री का लेखन, निर्देशन तथा प्रस्तुतीकरण एवं अभिनय ।

2. मौलिक तथा रूपान्तरित नाटकों को मिलाकर लगभग 13 रंग–नाटकों की रचना, छः से अधिक नाटकों का निर्देशन,

अठारह नाटकों में अभिनय और चौदह नाटकों में पृष्ठभूमि–संगीत।

3. 2020 से कविताओं पर आधारित तथा स्वतंत्र विषयों पर, एनिमेशन फ़िल्म–सहित, लगभग 150 लघु–फ़िल्मों का निर्माण।

4. 'फ़ेसबुक लाइव' के ज़रिए अबतक कला, साहित्य, संगीत, फ़िल्म तथा खेल से जुड़े, देश–विदेश के 120 से भी अधिक चर्चित व्यक्तित्त्वों से लाइव साक्षात्कार।

सम्मान / पुरस्कार

लोक सेवा प्रसारण का राष्ट्रीय पुरस्कार (प्रसार भारती, सूचना एवं प्रसारण मंत्रालय) द्वारा आयोजित लोक सेवा प्रसारण पुरस्कार में **गांधी दर्शन पर प्रथम पुरस्कार–2002**

1. बिहार आर्ट थिएटर, कालिदास रंगालय, पटना द्वारा **श्रेष्ठ रंगकर्मी का अनिल कुमार मुखर्जी शिखर सम्मान. 2003**

2. 'प्रांगण', पटना द्वारा रंगमंच और साहित्य के लिय **डॉ. चतुर्भुज स्मृति सम्मान–2016**

3. बिहार हिन्दी साहित्य सम्मेलन द्वारा **'प्रफुल्लचन्द्र ओझा मुक्त सम्मान'–2016**

4. समकालीन साहित्य मंच, मुंगेर द्वारा **'लाला जगत् ज्योति प्रसाद सम्मान'–2017**

5. **बिहार गौरव सम्मान** (नयी दिशा परिवार द्वारा)–2018

6. **आकाशवाणी वार्षिक पुरस्कार–2017** के अन्तर्गत 'विज्ञान कार्यक्रम श्रेणी' में **विज्ञान नाटक 'वेव एलियन्स'** के लिय 'सर्टिफ़िकेट ऑफ़ मेरिट' पुरस्कार।

7. **हिमांशु श्रीवास्तव सम्मान–2018,** चित्रगुप्त सामाजिक संस्थान द्वारा।

8. **शाद अज़ीमाबादी सम्मान–2019,** नवशक्ति निकेतन द्वारा।

9. **शंकर दयाल सिंह प्रतिभा सम्मान,** विश्व हिन्दी परिषद् (अन्तरराष्ट्रीय हिन्दी सम्मेलन–2023)

10. जयपुर साहित्य पुरस्कार–2022– आत्मकथा– 'तीस साल लम्बी सड़क' और 'फ़ेड इन… फ़ेड आउट' के लिए।

11. जयपुर साहित्य पुरस्कार–2024– उपन्यास 'ताली' के लिए।

12. शांति दूत सम्मान–2024, बुद्धम शरणम् संस्थानम् ट्रस्ट।

13. हिन्दी भूषण सम्मान–2024, हिन्दी कल्चरल सेंटर, टोक्यो (जापान)

14. अन्तरराष्ट्रीय मानस हिन्दी–सेवी सम्मान–2024, भूटान

15. साहित्य माणिक्य सम्मान– नेपाल (2024), शेयर योर ह्यूमैनिटी वैश्विक मंच, नेपाल।

संप्रति : स्वतंत्र लेखन और डॉक्यूमेन्ट्री–निर्माण।
सम्पर्क : मो. 7903703040

नाटक के पात्र

स्त्री पात्र

1.	दुर्गा भाभी	सूत्रधार	92
2.	दुर्गा भाभी	विवाह के समय	11
3.	दुर्गा भाभी	क्रांतिकारी	17
4.	दुर्गा भाभी	क्रांतिकारी	21
5.	पार्वती	क्रांतिकारी	25
6.	लीलावती	क्रांतिकारी	26
7.	सुशीला	क्रांतिकारी	28
8.	भगतसिंह की मां		40

पुरुष पात्र

1.	साहित्यकार	सूत्रधार	30
2.	भगवती चरण बोहरा	क्रांतिकारी / दुर्गा के पति	16 / 25
3.	लाला लाजपत राय	क्रांतिकारी	63
4.	एस पी स्कॉट	अंग्रेज़ एस पी	32
5.	सुखदेव	क्रांतिकारी	22
6.	राजगुरु	क्रांतिकारी	21
7.	भगतसिंह	क्रांतिकारी	22
8.	वकील		34
9.	जेलर एडवर्ड		45
10.	चन्द्रशेखर आज़ाद	क्रांतिकारी	24
11.	सुखदेव राज	क्रांतिकारी	21
12.	यशपाल	क्रांतिकारी	28
13.	वैशम्पायन	क्रांतिकारी	19
14.	पृथ्वी सिंह आज़ाद	क्रांतिकारी	38
15.	बापट	ड्राइवर	23

अन्य पात्र सिपाही तथा भीड़ के लिये.....

जंग-ए-आजादी की कहानी पर आधारित

कला जागरण
की नवीनतम नाट्य प्रस्तुति

मैं यहीं हूं
दुर्गा
भाभी
की क्रांति यात्रा

नाट्यकार
डॉ. किशोर सिन्हा

परिकल्पना एवं निर्देशन
सुमन कुमार

28 मई 2024
शाम 7:00 बजे
प्रेमचन्द रंगशाला
राजेन्द्र नगर, पटना

Gungun Arts

मैं यहीं हूं....

(दुर्गा भाभी की क्रांतियात्रा को समर्पित)

(नेपथ्य से उद्घोषणा)

भारत की आज़ादी के लिए अपनी जान हथेली पर रख अंग्रेजों से लड़ने वालों में पुरुष ही नहीं, महिलायें भी शामिल रही हैं। भारत की स्वतंत्रता के लिए स्त्रियां और वीरांगनाएं भी खुद को बलिदान करने में पीछे नहीं रहीं। झांसी की रानी लक्ष्मीबाई, अहिल्या बाई सहित अनेक वीर महिलाओं की जांबाज़ी का भारतीय इतिहास गवाह रहा है। इन महिलाओं में एक नाम दुर्गावती देवी का भी आता है; वही दुर्गावती, जिन्हें इतिहास 'दुर्गा भाभी' के नाम से जानता है। दुर्गा भाभी भले ही भगत सिंह, सुखदेव, राजगुरु, अशफ़ाकुल्लाह या बिस्मिल की तरह फांसी पर न चढ़ी हों, लेकिन आज़ादी की लड़ाई में उन्होंने क्रांतिकारियों के साथ, कंधे–से–कंधा मिलाकर बराबरी से काम किया और उनकी आक्रामक योजना का हिस्सा बनीं। दुर्गा भाभी पिस्तौल चलाती थीं, बम बनाती थीं तो अंग्रेज़ों से लोहा लेने जा रहे देश के सपूतों को रक्त–चंदन कर विजय–पथ पर भी भेजती थीं।

ऐसी जांबाज़, साहसी और देश के लिए सर्वस्व न्योछावर करने वाली दुर्गा भाभी की क्रांतियात्रा को नमन करते हुए, प्रस्तुत है नाटक– 'मैं यहीं हूं...'

मैं यहीं हूं—**4**

1

(मंच तीन भागों में विभक्त होगा। एक भाग स्थाई होगा, शेष दो भाग चलायमान रहेंगे, जिसके सेट को दृश्यानुसार परिवर्तित किया जा सकता है....

स्थाई भाग में दो कलाकार होंगे— एक कलाकार दुर्गा भाभी के वृद्ध-रूप में और दूसरा एक साहित्यकार, जो दुर्गा भाभी से कथा आगे बढ़ाने के लिए प्रश्न करता है, ये दोनों पात्र एक प्रकार से नाटक के सूत्रधार हैं....।)

(पर्दा उठने से पहले पार्श्व से समवेत-स्वर में गीत उभरता है....''सरफ़रोशी की तमन्ना अब हमारे दिल में है.... देखना है ज़ोर कितना बाजू-ए-क़ातिल में है...)

(एक उदास संगीत शुरू होता है..... उसके साथ ही धीरे-धीरे पर्दा उठता है.... नाटक के आरम्भ में प्रकाश मंद रहता है.... प्रकाश थोड़ा बढ़ता है और नीली आभा के साथ उसका वृत्त मंच के स्थाई भाव को आलोकित करता ठहर जाता है, जहां लगभग नब्बे साल की वृद्धा (दुर्गा भाभी) डायरी में कुछ लिखती दिखाई देती हैं.... लिखती हैं... सोचती हैं.... फिर लिखती हैं.... वे लकड़ी की एक साधारण कुर्सी पर बैठी हैं.... उनके सामने लकड़ी की एक मेज रखी है। मेज पर कुछ किताबें, एक अलार्म-घड़ी और चाय का एक कप रखा है। उस मेज के सामने थोड़ा परे एक और कुर्सी रखी है। थोड़ा हटकर एक तिपाई पर पानी का एक मटका और गिलास रखा है।)

(दुर्गा भाभी के बालों में पूरी सफ़ेदी आ चुकी है... वे गौर वर्ण की हैं और आंखों पर चश्मा चढ़ा है। जब वे कुछ सोचती हैं तो चश्मा उतार देती हैं और लिखते वक़्त लगा लेती हैं।.....)

(इस बीच साहित्यकार का प्रवेश होता है। उसकी वेशभूषा एक आम आदमी जैसी... जीन्स की पैंट और कुर्ता... कुर्ते की जेब में लगी हुई कलम.... हाथ में एक बैग, जिसमें से कुछ पत्रिकायें और किताबें झांकती हुई.... पांवों में जूते और आंखों पर चश्मा.... ।)

साहित्यकार थोड़ा हड़बड़ाया–सा दिखता है, पर दुर्गा भाभी के पास आकर अपने को संयत करता है... आंखों पर लगे चश्मे को व्यवस्थित करता है..... पास आकर दुर्गा भाभी के चरण छूता है.....)

साहित्यकार   माफ़ कीजियेगा.... थोड़ी देर हो गई मुझे.....कल आपसे बात हुई थी........ आपने आज आने के लिए कहा था....

दुर्गा भाभी   कोई बात नहीं.... **(चश्मा उतारकर रखती हैं। कुर्सी की ओर इशारा कर)** वो कुर्सी ले लीजिये..... **(पॉज)** हां... बताइये.... आप क्या लिखना चाहते हैं.... कहना चाहिये कि क्यों लिखना चाहते हैं मुझपर....

साहित्यकार   जी, **(कुर्सी खींचता है....)** मैं एक लेखक हूं.... और आपके जीवन को लिपिबद्ध करना चाहता हूं.... इसलिये लिखना चाहता हूं कि आपके जीवन से लोग प्रेरणा ले सकें।

दुर्गा   लेकिन मेरे जीवन में तो ऐसा ख़ास कुछ है नहीं
             कि किसी के लिए प्रेरणा बन सके...

साहित्यकार   ये आपका बड़प्पन है जो आप ऐसा कहती हैं।
             हमने बहुत कुछ पढ़ रखा है आपके बारे में, पर
             आपके मुंह से सुनने की चाहत लेकर आया हूं।
             आपने देश के लिये क्या कुछ नहीं किया है.....

दुर्गा   पर उस देश ने क्या किया.... तुम्हें पता तो है
             न.... देश ने उन वीर–बलिदानियों के लिए क्या
             किया..... श्रद्धांजलि–सभा.... अक़ीदत के थोड़े–से
             फूल.... रस्मअदायगी... बस....

साहित्यकार   समझ रहा हूं, आपके मन में क्षोभ है....पीड़ा है..
             आपका हक़ बनता है... पर, हम और हमारी आने
             वाली नस्लें जानें तो कि इतिहास में आप–जैसी
             वीरांगनायें भी रही हैं, जिनके चलते आज हम
             आज़ादी की खुली हवा में सांसें ले रहे हैं।

दुर्गा   (हंसकर) तुम बहुत ज़िद्दी हो साहित्यकार....
             मानोगे नहीं..... चलो, बताओ... कहां से शुरू
             करना है.... बस वो थोड़ा पानी का गिलास मुझे
             पकड़ा दो.... **(वो थोड़ा हटकर रखे पानी के
             गिलास की ओर इशारा करती हैं)**

साहित्यकार   जी.... **(गिलास पकड़ाता है...वो दो घूंट पानी
             पीती हैं तबतक साहित्यकार अपने बैग से
             कुछ पेपर, डायरी और पेन निकालता है
             और दुर्गा भाभी की ओर देखने लगता है.)**
             मैंने आपके लिए कुछ प्रश्न तैयार कर रखा है...
             चाहता हूं कि जैसे जो घटित हुआ वो आप

बताती जायें...। (अपने गले को साफ़ करता है)

ये सभी जानते हैं कि आपका जन्म सात अक्टूबर, 1907 को आज के प्रयागराज के शहजादपुर ग्राम में पंडित बांके बिहारी लाल जी के यहां हुआ। आपके पिता तब इलाहाबाद के ज़िला न्यायालय में ज़िला न्यायाधीश थे और बाबा महेश प्रसाद भट्ट जालौन ज़िला में थानेदार के पद पर तैनात थे। आपका विवाह तो लगभग 11 वर्ष की अल्पायु में ही हो गया था। क्या आप उस समय विवाह का मतलब समझती थीं...?

दुर्गा (जैसे शून्य में कुछ खोजती हुई–सी) बिल्कुल नहीं... मुझे तो कुछ होश ही नहीं था तब... बस ये पता था कि गुजराती ब्राह्मणों की शादी में रस्म के अनुसार बारात दस दिनों तक जनवासे में रुकेगी..... मुहल्ले–टोले की औरतें कुछ गा रही थीं.... कुछ रस्में हो रही थीं.... मुझे तो सजा–धजा के जैसे बिठाया गया, बैठ गई...

2

(युवा दुर्गा के लिए अलग अभिनेत्री ली जाये।
गुजराती रीति–रिवाज़ों से विवाह की रस्में दिखाई
जायें। जबतक ये दृश्य मंचित होंगे, दुर्गा भाभी
और साहित्यकार साक्षी–भाव से उसे देखते रहेंगे)

3

(वर्तमान)

साहित्यकार मैंने सुना है कि आपके पति भगवती चरण बोहरा लाहौर के रहने वाले थे और आपके ससुर शिवचरण जी रेलवे में ऊंचे पद पर तैनात थे, अंग्रेज़ी सरकार ने जिन्हें 'रायसाहब' का ख़िताब दिया था?

दुर्गा हां, ये सही है.....

साहित्यकार फिर भी उनके पुत्र और आपके पति, भगवती चरण बोहरा जी, अंग्रेज़ों की दासता से देश को मुक्त कराना चाहते थे, बाद में बख़ूबी जिनका आपने भी साथ दिया.... आपको या उनको डर नहीं लगा.... आपके ससुर शिवचरण बाबू ने आपको या बोहरा जी को कभी मना नहीं किया इसके लिये....।

दुर्गा मेरे पति पहले से क्रांतिकारी संगठन के प्रचार सचिव थे। मेरे ससुर जी को उनकी गतिविधियों के बारे में कुछ पता नहीं था....। वैसे भी, हमारी शादी के एक बरस के अंदर ससुर जी का स्वर्गवास हो गया था।

साहित्यकार हूं.... **(डायरी में लिखता है)** अच्छा... ये बताइये कि आपकी जब शादी हुई तो बोहरा जी ने

आपसे अपनी क्रांतिकारी गतिविधियों के बारे में कोई चर्चा की...?

दुर्गा नहीं, की भी होगी तो मुझे कुछ ख़ास समझ में नहीं आया था.... शादी के बाद तो मैं लाहौर, अपने ससुराल चली गई थी.......

साहित्यकार अच्छा, फिर...?

दुर्गा वहां पहुंचने के बाद बोहरा जी ने अपने काम के बारे में मुझे बताया था...

साहित्यकार अच्छा, तो क्या आप उनकी सारी गूढ़ बातें समझ गईं...?

दुर्गा अरे कहां.... मुझे तो कुछ समझ ही नहीं आ रहा था कि वे क्या कह रहे हैं। पर हां, उनकी कही एक बात मुझे बहुत अच्छी लगी थी....

साहित्यकार अच्छा, वो क्या दुर्गा भाभी.....

दुर्गा उन्होंने कहा कि दुर्गा, अभी तुम सिर्फ़ घर–गृहस्थी संभालो और अपनी पढ़ाई पूरी करो।

साहित्यकार ये तो बड़ी अच्छी बात हुई।

दुर्गा हां, और इससे भी बड़ी बात यह हुई कि उन्होंने मेरे हिन्दी और संस्कृत पढ़ने के लिए एक शिक्षक रख दिया....

साहित्यकार   उसके बाद तो आप पढ़ाई में लग गई होंगी.....
               फिर क्रांतिकारी गतिविधियों में आप कैसे शामिल
               हुईं....

दुर्गा   तनिक धीरज रख... सब एक ही बार में जानना
               चाहता है....। मैं पढ़ाई करती रही.... सोचा कि
               प्रभाकर की परीक्षा दे दूंगी.... ये बात 1924 की
               है.... बोहरा जी तब बी.ए. कर रहे थे......

दृश्य

(दूसरी अभिनेत्री....)

(बोहरा आते हैं... दुर्गा पढ़ रही होती है...)

बोहरा   क्या कर रही हो... अच्छा पढ़ाई चल रही है....

दुर्गा   **(मनुहार से)** जी, आपने ही तो कहा था कि
               पढ़ाई करो, सो कर रही हूं....।

बोहरा   यह तो बहुत अच्छी बात है, पढ़ाई तो बहुत
               ज़रूरी है। देखो दुर्गा, मुझे पता है कि तुम पढ़ाई
               में बहुत अच्छी थीं और.....

दुर्गा   पर आपको ये नहीं पता होगा कि कक्षा एक में
               प्रथम आने पर मुझे 'स्कूल ऑफ़ इन्स्पेक्ट्रेस' ने
               एक गुड़िया ईनाम में दिया था।

बोहरा	हां, वाकई, ये मुझे नहीं पता था....। और क्या–क्या राज़ छुपा रखा है दुर्गा जी....

बोहरा — हां, वाकई, ये मुझे नहीं पता था....। और क्या–क्या राज़ छुपा रखा है दुर्गा जी....

दुर्गा — मैं क्या छुपाऊंगी.... राज़ तो आपने छुपाये रखा बहुत दिनों तक....

बोहरा — मैंने.... मैंने कौन–सा राज़ छुपाया भई....

दुर्गा — यही कि आप एक क्रांतिकारी संगठन के प्रचार सचिव हैं.... और.....

बोहरा — और......

दुर्गा — और ये कि ये बहुत ख़तरे का काम है...... ब्रिटिश शासन के ख़िलाफ़ बग़ावत.....

बोहरा — हां.... ये तो भारी ग़लती हुई मुझसे.... **(थोड़ा निकट आकर)** तो इसकी सज़ा दे दीजिये न दुर्गा देवी।

दुर्गा — **(दोनों हाथों से धकेलकर)** आप अब जाइये, आपकी यही सज़ा है.....

बोहरा — पर दुर्गा, तुम्हारी पढ़ाई.... लाओ, मैं तुम्हारी कुछ मदद ही कर देता हूं....

दुर्गा — जी नहीं.... मेरी तैयारी लगभग प्रभाकर की परीक्षा तक की हो चुकी है...। मैं कर लूंगी, आप अपने काम पर ध्यान दीजिए.... आपको भी तो बी.ए. की परीक्षा देनी है, मेरी पढ़ाई कराने लगेंगे तो आपकी पढ़ाई का क्या होगा...

बोहरा — (हंसकर) तुम मेरी चिंता मत करो, मेरी तैयारी पूरी हो गई है।

दुर्गा   तो अब आप जाइये और देश की चिन्ता
              कीजिये।

                      (अंतराल)

बोहरा   बधाई हो दुर्गा देवी, आपके इन बोहरा जी ने
              बी.ए. की परीक्षा पास कर ली.....

दुर्गा   अरे वाह.... बहुत–बहुत बधाई बोहरा जी....
              आपकी तपस्या सफल हुई....... **(दोनों हंसते
              हैं....)**

बोहरा   **(हंसकर)** अच्छा.... सुनो.... इस खुशी के मौक़े
              पर मैं अपने कुछ क्रांतिकारी दोस्तों को खाने
              पर बुलाना चाहता हूं, तुम्हें कोई ऐतराज़ तो
              नहीं...!

दुर्गा   भला मुझे क्यों ऐतराज़ होगा, बल्कि मुझे तो
              अच्छा लगेगा सब से मिलकर और सब आएंगे
              तो क्रांति के बारे में जानने–समझने का मुझे
              मौक़ा भी मिलेगा।

बोहरा   हां, यह बात तुमने अच्छी की। तो मैं जाकर
              सबको निमंत्रण दे आता हूं....

दुर्गा   हां जाइए.... और सुनिए, रुकिए ज़रा....

              **(फिर दुर्गा एक पेटी खोलती है, उसमें से
              रुपए निकालकर उन्हें बोहरा जी को देती
              है.....)**

दुर्गा	यह लीजिए, यह 40,000 रुपये आपके पिताजी ने दिए थे और यह 5000 मेरे पिताजी ने, ताकि संकट के दिनों में काम आयें.... लेकिन हमारे लिए संकट तो कोई ऐसा है नहीं.... तो आप इसे क्रांति के काम में लगा दीजिए......

बोहरा	**(साश्चर्य दुर्गा को देखते हैं...)** दुर्गा, तुम सच में भारत मां की बेटी हो और तुम जैसी बेटियां जब तक देश में हैं तब तक भरोसा है, यह देश अधिक दिनों तक गुलाम नहीं रह पाएगा... मैं जाता हूं और सभी को रात के खाने के लिए बोल देता हूं।

4

(वर्तमान)

(पुनः स्थाई सेट पर रौशनी का वृत्त....)

साहित्यकार	वाह.... तब तो आपकी भेंट बड़े–बड़े क्रांतिकारियों से हुई होगी.......
दुर्गा	हां... हुई न, वे सब मेरे भाई–जैसे थे। वे सब मुझे दुर्गा भाभी कहने लगे थे। तब से मैं...
साहित्यकार	पूरे देश की दुर्गा भाभी हो गईं..... **(दोनों हंसते हैं)**
दुर्गा	हां... पर चाहते हुए भी उस वक़्त मैं देश के काम से जुड़ नहीं पाई...।
साहित्यकार	अच्छा.... वो क्यूं..... दुर्गा भाभी....
दुर्गा	**(कुछ इस भाव से साहित्यकार को देखती है, जैसे कह रही हो, 'तुम कितने नासमझ हो'....)**
साहित्यकार	अच्छा... अच्छा... मैं समझ गया..... **(चुहल के साथ)** तब शचीन्द्र आने वाले थे न.....
दुर्गा	हां..... मैंने ये खुशख़बरी बोहरा जी को सुनाई...

दृश्य

(बोहरा बाहर से आते हैं.... दुर्गा कुछ काम कर रही होती है.... वह पानी का गिलास लेकर आती है...)

दुर्गा   क्या बात है... आप कुछ परेशान लग रहे हैं...।

बोहरा   **(गहरी सांस लेकर)** दुर्गा, तुम तो जानती हो कि 'चौरी चौरा कांड' के बाद गांधीजी ने असहयोग आंदोलन स्थगित कर दिया था.... लेकिन हम लोग काम करते रहे। सभी जानते हैं कि गांधी जी की राह अलग है जिस पर वह अपने ढंग से अंग्रेज़ी सरकार पर दबाव बना रहे हैं। हमारी राह अलग है, हम अपने ढंग से काम कर रहे हैं– लेकिन दोनों का मुख्य उद्देश्य एक ही है– अंग्रेज़ी राज की समाप्ति... लेकिन, लगता है कि हम अपने उद्देश्यों तक पहुंच नहीं पा रहे हैं।

दुर्गा   आप ऐसा क्यों कहते हैं, सब ठीक हो जायेगा।

बोहरा   अच्छा दुर्गा, सुनो.... मैं चाहता हूं कि अब तुम भी सक्रिय रूप से हमारे आंदोलन से जुड़ जाओ।

(दुर्गा कुछ सोच के साथ चिंतित दिखाई देने लगती है... पर बोहरा का ध्यान उधर नहीं जाता, क्योंकि वे कुछ कागज़ देखने में व्यस्त हैं... दुर्गा एक नज़र उनकी ओर देखती है और थोड़ी सकुचाहट से....)

दुर्गा	चाहती तो मैं भी हूं, लेकिन अभी.... सुनिए जी, आपसे एक बात कहनी थी.....
बोहरा	हां, कहो दुर्गा....

(बीच—बीच में बोहरा कुछ—कुछ करते रहते हैं)

दुर्गा	वह बात यह थी कि...... **(स्वगत्)** अब कैसे कहूं।
बोहरा	**(रुककर)** .... हां.....हां.... कहो, क्या बात है....
दुर्गा	बात ये है कि मैं..... मां बनने वाली हूं.....
बोहरा	अरे वाह, यह तो बड़ी अच्छी ख़बर है.... देर से ही सही, लेकिन मैं समझ सकता हूं कि इसके लिए भी तुमने बहुत धैर्य रखा और सच कहूं तो तुमने मेरे लिए बड़ा त्याग किया है.....
दुर्गा	ऐसा क्यों कहते हैं आप, मैंने कुछ नहीं किया, मैंने कोई त्याग—व्याग नहीं किया। अभी भारत मां को आज़ाद कराना ही सबसे बड़ा काम है। मैं तो चाहती हूं कि हमारी संतान जल्दी से इस धरती पर आ जाये, ताकि बड़ा होकर देश के लिए सोच सके.... कुछ कर सके।
बोहरा	**(हंसते हैं)** पर उसके लिये अभी बहुत वक़्त है दुर्गा। हां, बात तो तुमने बहुत अच्छी कही। सच पूछो तो मैं तो निहाल हो गया तुम्हारी जैसी पत्नी पाकर....। अच्छा, चलो बताओ तुम्हें क्या चाहिये, पुत्र या पुत्री...

दुर्गा	हमारे लिए तो दोनों बराबर हैं.... कोई भी हो। हमारा जीवन तो देश के लिए, देश के नाम हो गया। संतान पुत्र हो, पुत्री हो, क्या फर्क पड़ता है.....
बोहरा	अच्छा यह बताओ, बेटी होगी तो क्या नाम रखेंगे और बेटा होगा तो क्या नाम होगा....

(दुर्गा सोचती है)

दुर्गा	उं.... अगर बेटी हुई होगी तो हम उसका नाम रखेंगे– लक्ष्मी....
बोहरा	और यदि बेटा हुआ तो......
दुर्गा	तो.... तो... उसका नाम रखेंगे शचीन्द्र नाथ बोहरा.....
बोहरा	शचीन्द्र नाथ बोहरा.... वाह... हमारे आदर्श.... क्रांतिकारी शचीन्द्रनाथ सान्याल के नाम पर...
दुर्गा	जी।
बोहरा	पर दुर्गा, आगे तुम्हारी पढ़ाई का क्या होगा...
दुर्गा	सब हो जायेगा बोहरा साहब, आप मेरी चिन्ता ना करें, बस आप देशसेवा में ध्यान लगायें ।

5

(वर्तमान)

साहित्यकार तब तो वाकई आपकी पढ़ाई में बाधा आई होगी।

दुर्गा नहीं रे.... कोई बाधा नहीं आई.... 3 दिसंबर, 1925 को शचीन्द्र का जन्म हुआ। मैं खुश थी... बोहरा जी खुश थे.... पर...

साहित्यकार पर.... पर क्या दुर्गा भाभी....

दुर्गा अब तू भी मुझे दुर्गा भाभी कहने लगा... अरे, मैं तेरी मां की उमर की हूं....

साहित्यकार वो तो ठीक है... पर देश आपको इसी नाम से जानता है.... सो...

दुर्गा अच्छा... ठीक है... ठीक है... दुर्गा भाभी ही कह तू...

साहित्यकार हां तो आप कह रही थीं कि आप दोनों खुश थे.... पर....

दुर्गा पर बोहरा जी मुझे अपनी गतिविधियों में शामिल नहीं करते थे.... दूर–दूर रखते थे... मैं चाहती थी कि थोड़ी–बहुत उनकी मदद करूं, लेकिन उनका कहना था कि पहले पढ़ाई पूरी करो... और जब से शचि के आने की आहट सुनी, तब से वे और भी दूर–दूर रहने लगे।

साहित्यकार	तो एक तरह से वो ठीक ही था न.... आपकी पढ़ाई... बच्चे की देखभाल... इस सबके साथ क्रांति के काम कैसे कर पातीं आप...
दुर्गा	हां.... यही सोच कर मैंने अपना पूरा ध्यान अपनी पढ़ाई और शचि पर लगाया। आख़िरकार मुझे सफलता मिली और मैंने 1926 में पंजाब विश्वविद्यालय से हिन्दी में प्रभाकर की परीक्षा पास कर ली और फिर लाहौर के ही एक गर्ल्स कॉलेज में हिन्दी विभाग की मुख्य अध्यापिका के तौर पर अपनी सेवा देने लगी...।
साहित्यकार	पर नौकरी करने की इतनी जल्दी क्या थी आपको.... आपको क्या कमी थी....।
दुर्गा	देख..... बोहरा जी जिस काम में लगे थे, उसमें ख़र्च–ही–ख़र्च था। ऐसे में पैतृक संपत्ति भी ज़्यादा दिनों तक चलने वाली नहीं थी.... फिर जीवन–निर्वाह के लिए मैं उनपर कबतक आश्रित रहती, सो नौकरी करने का फ़ैसला किया।
साहित्यकार	जी.... पर वो बात तो रह गई....
दुर्गा	कौन–सी बात....
साहित्यकार	कि आप क्रांतिकारी के तौर पर कब और कैसे सक्रिय हुईं....
दुर्गा	हां, हुआ यूं कि अंग्रेज़ों द्वारा प्रशासनिक सुधारों के लिए 'साइमन कमीशन' का गठन किया गया था, जिसका चौतरफ़ा विरोध हो रहा था। जब ये कमीशन लाहौर आया तो उसके विरोध में

लाला लाजपत राय के नेतृत्व में विशाल जुलूस निकला।

दृश्य

(साइमन कमीशन वापस जाओ के नारे के साथ जुलूस, जिसका नेतृत्व लाला लाजपत राय कर रहे हैं। इसमें स्त्री–पुरुष–सभी शामिल हैं...।)

लाजपतराय साथियो, ये अंग्रेज़, साइमन कमीशन के नाम पर जो काला क़ानून ला रहे हैं, उससे हमारे आंदोलन को कोई लाभ नहीं होगा, एक तरह से ये उसके ख़िलाफ़ है। इस काले क़ानून से हमारी आज़ादी हमसे और दूर हो जायेगी...। इसलिए हम इसका विरोध करते हैं.....

(नारे) **साइमन कमीशन वापस जाओ....**
साइमन कमीशन वापस जाओ....

और भाइयो–बहनो, इस साइमन कमीशन में एक भी भारतीय नहीं है, सभी अंग्रेज़ हैं, इसलिए ये अपने मन–मुताबिक़ फ़ैसले करेंगे और अपनी मनमानी करेंगे।

(नारे) **साइमन गो बैक, गो बैक, गो बैक...**

एस पी स्कॉट टुमलोग पीछे हटो..... वापिस जाओ.....

लाजपत राय स्कॉट.... तुम हमलोगों को रोक नहीं पाओगे.... अब देश जाग चुका है, तुम्हारे काले क़ानून का राज अब नहीं चलने वाला.... (नारे) **साइमन गो बैक, साइमन गो बैक....**

स्कॉट	टुमलोग ऐसे नहीं मानेगा.... ऑर्डर.... चार्ज करो. ..... मारो....
लीलावती	अरे, देखो... कोई लालाजी को बचाओ.... स्कॉट उन्हें बुरी तरह पीट रहा है...
पार्वती	हां... हां... सुशीला दीदी, उन्हें बचाओ....
लीलावती	अरे दुर्गा, जल्दी इधर आओ.... बोहरा जी का सिर फट गया है....
दुर्गा	आई लीला दीदी.... **(बोहरा जी के पास पहुंचकर)** अरे.... क्या हुआ आपको....
बोहरा	**(ख़ून से सने अपने सिर को पकड़े हुए...)** मुझे कुछ नहीं हुआ है... तुम लाला जी को देखो, उन्हें बचाओ....
दुर्गा	पर....
बोहरा	पर... वर कुछ नहीं... मैं ठीक हूं.... जाओ....
सुशीला	अरे दुर्गा, लालाजी तो गिर पड़े.... उनके सिर पर लाठी लगी है....
दुर्गा	**(लालाजी की तरफ़ भागती है...)**
दुर्गा	अरे, कोई बचाओ.... पानी लाओ.... जल्दी.....
लाजपत राय	स्कॉट..... सांडर्स.... तुमने मुझपर जो लाठियां बरसाई हैं, याद रखना, वो भारत में ब्रिटिश शासन के ताबूत की आख़िरी कील साबित होगी, तुम ये बात याद रखना.... तुम याद..... **(बेहोश)**

6

(वर्तमान)

दुर्गा एक ओर जहां हम पुलिस की लाठी से अपने को बचाने में लगे थे तो दूसरी ओर घायलों की हर संभव सेवा भी कर रहे थे। पर इसके बावजूद पंजाब केसरी लाला लाजपत राय को बचाया नहीं जा सका।

साहित्यकार ओह.... ये घटना हमसबों की पढ़ी हुई है। मैंने किसी जगह ये भी पढ़ा था कि उनकी अंत्येष्टि के बाद एक शोकसभा हुई थी, जिसे संबोधित करते हुए स्व. देशबंधु चितरंजन दास की पत्नी बासंती देवी ने युवाओं का आवाहन करते हुए कहा था कि ''क्या कोई ऐसा नौजवान इस देश में है जो चिता ठंडी होने से पहले देश के राष्ट्रीय नेता के अपमान और मृत्यु का समुचित उत्तर दे सके....।''

दुर्गा हां.... ऐसा ही कहा था उन्होंने... और 'नौजवान भारत सभा' के सदस्यों ने उनके आह्वान को चुनौती की तरह लेकर, चंद्रशेखर आज़ाद, भगत सिंह, सुखदेव, विजय कुमार सिन्हा और कुंदन लाल जैसे क्रांतिकारियों ने एस. पी. स्कॉट की हत्या की योजना बनाई, पर कुछ ग़लतफ़हमी के चलते स्कॉट की जगह ए.एस.पी. सांडर्स मारा गया।

(17 दिसंबर, 1928)

साहित्यकार जी.... और बाद में भगत सिंह और बटुकेश्वर दत्त ने दिल्ली की असेम्बली में बम फेंककर जो धमाका किया, उससे गोरी सरकार थर्रा गई थी। भगत सिंह और बटुकेश्वर दत्त ने वीरों की तरह समर्पण कर दिया और उन्हें जेल भेज कर मुक़द्दमा शुरु कर दिया गया था।

दुर्गा अरे वाह.... तुम तो बहुत जानते हो साहित्यकार। पर ये बातें बहुत बाद की हैं। उस समय तो समस्या सांडर्स की हत्या में संलिप्त भगत सिंह, राजगुरु, सुखदेव, चंद्रशेखर आज़ाद और जयगोपाल को किसी तरह लाहौर से निकालने की थी....।

साहित्यकार जयगोपाल.... ये नाम मैं पहली बार सुन रहा हूं।

दुर्गा **(विद्रूपता से)** ये जयगोपाल वही हैं जो बाद में सरकारी गवाह बन गये थे। इन्हीं की गद्दारी के चलते भगत सिंह, राजगुरु और सुखदेव को फांसी की सज़ा हुई। पर उस समय मुख्य समस्या थी उन्हें लाहौर से सुरक्षित बाहर निकालने की। लाहौर की सभी सीमायें सील कर दी गई थीं.... पुलिस चप्पे–चप्पे पर मौजूद थी। मुझे अच्छी तरह याद है, वो 19 दिसंबर, 1928 की शाम थी। थोड़ी देर पहले ही मेरे संस्कृत के अध्यापक मुझे पढ़ाकर गये थे। तभी दरवाज़े पर दस्तक हुई.......

दृश्य

(पुलिस की सीटी... मार्च पास्ट.... दरवाज़े पर दस्तक...)

दुर्गा	कौन..... आती हूं....
सुखदेव	**(धीरे से)** भाभी.... दरवाज़ा खोलिये....
दुर्गा	कौन है.... **(दरवाजा खोलती हैं)** अरे, सुखदेव तुम, इस वक़्त....
सुखदेव	धीरे... धीरे बोलिए... पुलिस चारों ओर हमें कुत्ते की तरह सूंघ रही है। हमने एस. पी. स्कॉट की जगह सैंडर्स को ढेर कर दिया।
दुर्गा	चलो, तुमने तो अपना काम कर दिया, अब उन्हें अपना करने दो.... सोचना ये है कि अब हम क्या करें।
सुखदेव	हमारे सारे ठिकानों पर छापे पड़ गए भाभी....
दुर्गा	हिम्मत मत हारो और चिंता मत करो। राजगुरु कहां हैं....।
सुखदेव	वो सुरक्षित हैं और अपने ठिकाने पर हैं... बस आपसे सहायता चाहिए, क्योंकि वे अधिक देर तक सुरक्षित नहीं रह सकते।
दुर्गा	हां, हां... बोलो, मुझे क्या करना होगा...
सुखदेव	हमने यहां से निकल भागने की योजना बनाई है। पर कैसे और कब निकलें, यही सोचना है।

फिलहाल तो कुछ रुपयों की ज़रूरत है, आपके पास हैं...

दुर्गा   हां... कुछ तो होंगे ही, अभी लाती हूं....। **(थोड़ी देर में.... रुपये देते हुए....)** ये लीजिये, लाहौर से फ़रार होने से पहले बोहरा जी ये 500 रुपये रख गये थे। उनकी कुछ ख़बर है क्या?

सुखदेव   नहीं भाभी... जैसे ही कुछ पता चलेगा, मैं बताऊंगा। अभी तो आप बस इतना बताइये कि आप कहीं बाहर जा सकती हैं क्या.... कुछ लोगों को लाहौर से बाहर निकालना है। पर इसमें ख़तरा बहुत है। आपको शचि को भी साथ ले चलना होगा, आंच उसपर भी आ सकती है।

दुर्गा   **(कुछ सोचकर)** कुछ लोगों को लाहौर से बाहर निकालना है.... ठीक है, कर लूंगी।

सुखदेव   तो आप तैयार रहना। इस इलाके का ये पहरा रात दस बजे ख़त्म हो जाता है। मैं उसके बाद आऊंगा। अब चलता हूं....।

दुर्गा   सावधानी से जाना.....।

(स्वगत) वह व्यक्ति कौन हो सकता है जिसे लाहौर से बाहर निकालना है। कहीं सांडर्स हत्याकांड से जुड़ा कोई व्यक्ति तो नहीं... फिर भी, मुझे बाहर जाना ही होगा..... समय कम है, इसलिये मैं भी अपनी तैयारी कर लूं.... कॉलेज में छुट्टी की एप्लिकेशन भिजवाना होगा, और अब सिर्फ़ चार घंटे हैं मेरे पास.... दस बजे के बाद सुखदेव आ जायेंगे। पर पहले एप्लीकेशन लिख लूं....

(कुर्सी पर बैठ कर लिखने के लिये पैड उठाती है..... प्रकाश बन्द होता है...)

अंतराल

(दरवाज़े पर दस्तक.... दुर्गा दरवाज़ा खोलती है.... सामने सुखदेव के साथ तिरछी फ़ेल्ट हैट और लम्बा ओवरकोट पहने एक साहब.... साथ में उनका एक नौकर....)

सुखदेव   भाभी... इन्हें पहचाना....।

दुर्गा   अरे, पहले अंदर तो आओ..... बैठो.... हां, अब बताओ.... ये कौन साहब हैं....।

सुखदेव   नहीं पहचाना....

(दुर्गा हैरान और थोड़ी परेशान दिखी तो भगत सिंह हंस पड़े.... उनकी हंसी से पहचानकर...)

दुर्गा   अरे भगत.....

भगत   भाभी, जब तुम ही नहीं पहचान सकीं तो ये अंग्रेज़ों की पुलिस मुझे क्या पहचानेगी।

राजगुरु   और भाभी... मैं....

दुर्गा   राजगुरु.... (सब हंस पड़ते हैं...)

सुखदेव   हां... पर एक्शन के लिये सुबह तक इंतज़ार करना होगा। हम तांगे से स्टेशन तक जायेंगे... वहां से साहब और आप मेम साहब शचि को

लेकर रेल के दूसरे डिब्बे में सफ़र करेंगे....
राजगुरु नौकर के वेश में तीसरे दर्ज़े में रहेंगे।
इस गाड़ी से आप कानपुर पहुंचकर वहां से
कलकत्ते के लिए गाड़ी पकड़ेंगे। सुशीला दीदी
कलकत्ता में हैं। आप कानपुर उतरकर उन्हें तार
दे दीजियेगा, वो आपको लेने स्टेशन आ
जायेंगी।

<h1 style="text-align:center">(अंतराल)</h1>

तीसरी अभिनेत्री– दुर्गा

सुखदेव चलो भाभी चला जाये.....**(हंसी)** अरे वाह....
गोरी–चिट्टी भाभी.... अभी तक बिल्कुल भारतीय
लगती थी, लेकिन अब देखो.... देखो ज़रा.... क्या
बात है भाभी.... एकदम से गोरी–चिट्टी मेम लग
रही हो। इतनी ऊंची एड़ी की सैंडल और ये
बाल.... वाह क्या बात है....।

दुर्गा चुप... चुप... दीवारों के भी कान होते हैं। पहले
तुम लोगों को यहां से निकाल ले जाऊं तब
बताऊंगी कि ऊंची एड़ी के सैंडल यहां पर कहां
से आए...... हम मेम हैं...... मेम साहब... समझे....
अब चलो....

(तांगा पर बैठने–चलने का प्रभाव..... स्टेशन पहुंचकर)

सिपाही हे.... हे... किधर जाता है.....

दुर्गा **(अंग्रेज़ी लहज़े में)** हे मैन.... तुम्हें दिखाई नहीं
देटा.... क्यों हमारे सर्वेंट को डिस्टर्ब करटा है...

मैं यहीं हूं–30

(**सर्वेंट से**) हे... लगेज़ ले जाकर मेरे बर्थ पर रखो......।

(ट्रेन में गाना–बजाना कर रहे चंद्रशेखर आजाद भी अपने साथियों के साथ सुरक्षा के लिए चल रहे थे।)

(संभव हो तो इन्हें ट्रेन में सफ़र करते हुए दिखाया जाये और कानपुर, फिर कलकत्ता स्टेशन पर उतरते हुए भी.. कलकत्ता स्टेशन पर..... सुशीला दीदी और भगवती चरण बोहरा रेलवे कुली की बदली हुई वेशभूषा में.... घुटनों तक धोती... दाढ़ी बढ़ी हुई....)

दुर्गा   सुशीला दीदी.... (सुशीला से लिपट जाती है)

सुशीला   बहुत ख़तरा है.... जल्दी चलो यहां से....

(बोहरा जी दुर्गा की ओर एकटक देखते रहते हैं....)

दुर्गा   आप ऐसे क्यों देख रहे हैं.... मैं तो वही हूं....

बोहरा   हां.... तुम बिल्कुल वही हो..... दुर्गा... तुम्हें मैं आज अच्छी तरह समझ पाया।....

7

(वर्तमान)

दुर्गा	तुम्हें मैं आज अच्छी तरह समझ पाया..... पता नहीं, ऐसा क्यों कहा उन्होंने....। हम एक अरसे बाद मिले थे, सो हमारा बहुत–सा अनकहा आंसुओं की भेंट चढ़ गया था।
साहित्यकार	फिर आप कलकत्ते में ही रहीं.... बोहरा जी के साथ....
दुर्गा	अधिक दिन नहीं.... दो दिन हम एक होटल में ठहरे... पर वहां ख़तरा देखकर सुशीला दीदी ने सेठ छाजुमल की पत्नी से उनके मकान में रहने की अनुमति लेकर हमें वहां ठहरा दिया। वहां भगत सिंह का नाम 'हरि' रखा गया और सुशीला दीदी ने कहा कि उनका ये भांजा बीमार हो गया है। भगत सिंह दिन–भर कमरे में बंद रहते और रात में बंगाली ढंग से धोती बांधकर बाज़ार घूमते और वहां के क्रांतिकारियों से सम्पर्क साधते। मेरा भी कॉलेज था, वहां रहकर क्या करती, इसलिये मैं लाहौर वापस लौट आई और पढ़ाने में व्यस्त हो गई।
साहित्यकार	तो उस दौर में, जब लगभग सभी बड़े क्रांतिकारी फ़रारी का जीवन बिता रहे थे, क्रांतिकारी गतिविधियां तो ठप्प हो गई होंगी।

दुर्गा	बिल्कुल सही कहा तुमने..... इसीलिये तो अपनी उपस्थिति जताने के लिए.... और ये बताने के लिये कि चंद वारंट निकाल देने भर से आंदोलन रुका नहीं है, भगत सिंह और बटुकेश्वर दत्त ने 8 अप्रैल, 1929 को दिल्ली स्थित केन्द्रीय असेम्बली में बम फेंके और आत्मसमर्पण कर दिया।
साहित्यकार	बड़े साहस का काम था ये। बम के साथ उन्होंने पर्चे भी फेंके थे न, जिसमें लिखा था कि 'बहरों को सुनाने के लिये विस्फोट के बहुत ऊंचे शब्द की ज़रूरत होती है।'
दुर्गा	हां..... फिर दिल्ली जेल में इनपर मुक़द्दमा शुरू हुआ.. जो सेशन कोर्ट में ख़त्म हो गया। दोनों को आजीवन कारावास की सज़ा सुनाई गई। पर यहां मामला थोड़ा बिगड़ गया....
साहित्यकार	वो क्या दुर्गा भाभी....
दुर्गा	भगत सिंह के पिता सरदार किशन सिंह जी ने अदालत में एक प्रार्थना–पत्र दिया जिसके बारे में बताने उनके वकील जेल पहुंचे.....।

(दृश्य)

(भगतसिंह चहलक़दमी कर रहे हैं.... वकील का प्रवेश)

भगतसिंह	आओ... आओ.... वकील साहब.... क्या ख़बर लाये हो आप....?

वकील	भगत सिंह जी..... आपके पिता सरदार किशन सिंह जी ने अदालत में एक प्रार्थना–पत्र दिया है।
भगतसिंह	**(साश्चर्य)** प्रार्थना–पत्र..... अदालत में..... अच्छा, क्या लिखा है उस प्रार्थना–पत्र में....?
वकील	उसमें लिखा है कि भगत सिंह को सांडर्स की हत्या के मामले में निर्दोष सिद्ध करने के लिये कई प्रमाण हैं, इसलिये उसे सफ़ाई पेश करने का अवसर दिया जाये...।
भगतसिंह	**(विचलित होकर)** ओह..... नहीं.....! **(स्वगत)** ये आपने क्या किया पिता जी....!
वकील	भगतसिंह जी, मैं एक 'मर्सी पिटिशन' तैयार कर देता हूं। उस 'पिटिशन' की भाषा ऐसी रहेगी, कि आपके सम्मान को ज़रा भी ठेस नहीं पहुंचेगी।
सुखदेव	क्या बात कर रहे हो वकील साहब...? हम 'मर्सी पिटिशन' दें, वो भी उस गोरी सरकार को, जिसने हमारी ही ज़मीन पर, हमें क़ैद कर रखा है....!
राजगुरु	वकील साहब..... आप जाइये..... हमें नहीं देना कोई 'पिटिशन–उटीशन'....!
भगतसिंह	अरे... रे... सुखदेव.... राजगुरु....। भाई वकील साहब पर क्यों नाराज़ हो रहे हो.....? ये तो अपना काम कर रहे हैं....। अच्छा वकील साहब,

आप जाइये और तैयार कर लाइये 'मर्सी
पिटिशन'....!

**(वकील जाते हैं और दोनों साथी साश्चर्य
भगतसिंह को देखते हैं।)**

राजगुरु   भगते... ये क्या किया तूने.....!

सुखदेव   उन्हें 'मर्सी पिटिशन' बनाने के लिये क्यों कहा?

भगतसिंह   तुम नहीं समझोगे... अच्छा सुखदेव, ज़रा लिखो
तो पंजाब गवर्नर के नाम पत्र......!

(भगतसिंह द्वारा पत्र लिखवाना)

भगतसिंह   हमारे अभियोग की सुनवाई इस वक्तव्य को
सिद्ध करने के लिये पर्याप्त है कि हमने कभी
कोई प्रार्थना नहीं की.... और अब भी हम आपसे
किसी प्रकार की दया के लिये याचना नहीं कर
रहे.....। हम आपसे सिर्फ़ ये प्रार्थना करते हैं कि
आपकी सरकार के ही एक न्यायालय के निर्णय
के अनुसार हमारे ऊपर युद्ध जारी रखने का
अभियोग है। इसका मतलब ये है कि हम
युद्धबंदी हैं और इसी आधार पर हम आपसे मांग
करते हैं कि हमारे साथ युद्धबंदियों–जैसा ही
व्यवहार किया जाये..... यानी हमें फांसी देने के
बदले गोली से उड़ा दिया जाये।

सुखदेव   भगतसिंह....! इस मृत्यु–बेला में तुम क्या सोचते
हो....? तुम्हें कोई दुख तो नहीं....?

भगतसिंह	(हंसकर) मेरी मौत अगर देश के एक सिरे से दूसरे सिरे तक 'इन्क्लाब ज़िंदाबाद' मुखरित कर सकी, तो मैं समझूंगा, मेरा जीवन सार्थक हो गया...। यही मैंने इस रस्ते पर पांव रखते वक़्त सोचा था। मेरी ज़िंदगी का मूल्य इससे ज़्यादा क्या हो सकता है....! मैं तो बस इन्तज़ार कर रहा हूं उस घड़ी का, जब मैं दूल्हा बनूंगा..... शहादत का सेहरा मेरे माथे पर होगा, और मौत.... मौत मेरी दुल्हन बनकर मेरे गले में वरमाला डालेगी......!

(इसी बीच जेलर एडवर्ड का प्रवेश)
लो भई, जेलर साहब आ गये.....। सुखदेव.... राजगुरु.... हम तीनों की शादी अब एक साथ ही होगी.... **(सभी हंसते हैं)**

एडवर्ड	हलो मिस्टर भगट.... कैसा है टुम....?
भगतसिंह	वंदे मातरम् जेलर साहब..... हम ठीक हैं....।
एडवर्ड	मिस्टर भगट..... टुम मेरी बाट मानो.... वायसराय के पास 'मर्सी पिटिशन' डे डो...... वो टुमको माफ़ी डे डेगा.... अम... अम.. टुमारी सिफ़ारिश भी कर डेगा....!
भगतसिंह	(हंसकर) 'मर्सी पिटिशन'....? मिस्टर एडवर्ड..... ये आप ही की सरकार है न, जो हिन्दुस्तान के लाखों लोगों के ऊपर झूठे मुक़दमे चला रही है; बेबस, लाचार और बेसहारा लोगों को सूली

एडवर्ड

राजगुरु

एडवर्ड

भगतसिंह

एडवर्ड

भगतसिंह

एडवर्ड

पर चढ़ा रही है....? ऐसी निर्दयी और कठोर सरकार से मैं दया की भीख मांगूं..... कभी नहीं।

टुम समझटा नहीं है भगतसिंह..... अच्छा.... लुक, टुम इटना टो लिख ही सकटा कि टुम बाग़ी लोगों के कहने पर असेम्बली को बम से उड़ाने वास्टे गया.....!

जेलर.... तू हमसे झूठ बुलवाना चाहता है...? और तू ये समझता है कि हम ये सब लिख देंगे...?

मिस्टर भगट.... योर फ्रेंड्स आर लुकिंग लाइक अ फुलिश..... पर टुम टो समझडार हो....!

मिस्टर एडवर्ड....! हम सब ये अच्छी तरह से जानते हैं कि हम क्या कर रहे हैं।

(खीझकर) आय डोन्ट अन्डरस्टैंड, आख़िर टुमलोग मरना क्यों चाहटा है.... व्हाय.....?

(हंसकर) इसलिये मिस्टर एडवर्ड कि एक भगतसिंह, सुखदेव, राजगुरु मरेगा, तो करोड़ों भगतसिंह, सुखदेव और राजगुरु पैदा होंगे। और फिर सब मिलकर हमारी धरती मां के सीने में गड़े यूनियन जैक को उखाड़ फेंकेंगे.... उसके बाद हमारी भारत मां आज़ाद होगी....... हमारी आने वाली पीढ़ी आज़ादी की हवा में सांसें ले सकेगी.... और.....

ओह.... स्टॉप इट.... स्टॉप इट..... टुम सब मैड हो गया है.... एकडम मैड..... टुम नहीं जानटा, क्या कह रहा है... इट् इज़ क्वायट इम्पॉसिबल,

ओ गॉड.... जो टुमको करना मांगटा... करो....
(जाते हुए बड़बड़ाता है) टुम नहीं समझेगा...
एकदम नई समझेगा.... अम जाटा है....!
(जेलर के जाने के साथ तीनों हंसते हैं....
हंसते–हंसते बेड़ियों को बजा–बजाकर
गाते हैं...)
''दिल से निकलेगी न मरकर भी वतन की उल्फ़त...
मेरी मिट्टी से भी खुशबू–ए–वतन आयेगी.....''
इन्क्लाब ज़िंदाबाद... इन्क्लाब ज़िंदाबाद... इन्क्लाब ज़िंदाबाद...!

दृश्य

(स्पॉटलाइट मद्धिम से तीव्र.... एक सिपाही
का प्रवेश... उसके पीछे भगतसिंह की मां..
कालकोठरी में तीनों क्रांतिकारी लेटे
दिखाई दे रहे हैं)

सिपाही   भगतसिंह जी, आपकी माताजी आयी हैं। (सभी
चौंककर उठते हैं)

भगतसिंह   (स्वगत्) मां...! मां आयी है...? मां तू कैसी है?
(सिपाही चला जाता है)

मां   (रोती हुई) भगते.... ये क्या हो गया..... मैंने
कितने लाड़–प्यार से तुझे पाला था, लेकिन तू
है कि इस कालकोठरी में दुख पा रहा है....!
(सीखचों से हाथ बढ़ाकर उनका चेहरा
हाथों में लेकर) तेरे वगैर मैं किस तरह ज़िंदा

मैं यहीं हूं–39

रहूंगी बेटे.... कैसे ज़िंदा रहूंगी..... तुझे कभी मेरा ख़याल नहीं आया....? **(रोती रहती है)**

भगतसिंह मां.... मां... रो मत.... तू रो मत मां.... तू तो भगतसिंह की मां है.... उस भगतसिंह की, जिसके नाम से अंग्रेज़ी सरकार थर–थर कांपती है...। तू उस भगतसिंह की मां होकर रोती है....? ना मां.... तेरे पुत्तर ने अपना रस्ता चुन लिया है। वह भारत मां की आज़ादी वास्ते हंसते–हंसते फांसी चढ़ जायेगा, पर तेरा सर झुकने नहीं देगा।

मां लेकिन बेटा.... मैं भी तो एक मां हूं.... मैंने तुझे जनम दिया है..... पाल–पोस कर बड़ा किया है .....क्या ये सब तेरी मौत का दिन देखने वास्ते? **(रोती रहती है)**

भगतसिंह ना मां..... तूने मुझे जनम ज़रूर दिया, लेकिन जिस धरती मां की गोद में मैं बड़ा हुआ, वह आज पराधीनता की बेड़ियों में जकड़ी है, तड़प रही है, कराह रही है..... उसकी आवाज़ सुन मां, उसकी आवाज़ सुन.... क्या तू चाहती है कि मैं उस मां को भुला दूं...? तुझे रोना शोभा नहीं देता मां.....। एक वीर पुत्र की माता होकर तू रोती है....?

मां **(संयत होकर)** तू ठीक कह रहा है बेटा..... तूने मेरी आंखें खोल दीं..... मैंने तेरे जैसे पुत्तर को नहीं, शेर को जनम दिया है..... मेरा दूध बेकार

नहीं गया.... अब मैं नहीं रोऊंगी..... कभी नहीं
रोऊंगी.... ।

भगतसिंह   मुझे आशिष दे मां कि मैं अगले जनम में भी तेरा
पुत्तर बन कर आऊं..... मुझे आशीर्वाद दे मां...!

मां   हां... पुत्तर, हां..... । (भगतसिंह मां के पांव छूते
हैं.... लाइट बुझती है और पृष्ठभूमि से गीत
उभरता है)

''हम भी आराम उठा सकते थे घर पर रहकर,.
हमको भी पाला था मां–बाप ने दुख सह–सहकर,
वक़्त–ए–रुख़सत उन्हें इतना भी न आये कहकर
गोद में आंसू जो टपकें कभी रुख़ से बहकर..''

8

(वर्तमान)

साहित्यकार तो क्या उसके बाद हाइकोर्ट में अपील नहीं की गई....।

दुर्गा की गई ना... पर वहां अपील ख़ारिज़ हो गई। तब चन्द्रशेखर आज़ाद ने इन्हें जेल से छुड़ाने की योजना बनाई। उस समय बोहरा जी भी इसी तरह की योजना पर काम कर रहे थे। लेकिन तभी कुछ ऐसा घटित हुआ कि...... **(दुर्गा भाभी सोच में डूब जाती हैं..)**

साहित्यकार भाभी.... आप कहां खो गईं....

दुर्गा **(चश्मा उतारकर अपनी गीली आंखें पोंछती हैं.... फिर चश्मा लगा लेती हैं और दूर शून्य में निहारने लगती हैं... ।)**

28 मई, 1930

दृश्य

आज़ाद साथियो, यह सरकार रह–रहकर नए–नए बिल पास करती है, हमारी निरीह जनता के शोषण के नए–नए तरीके इजाद करती है और किसी–न–किसी बहाने हमारे साथियों को गिरफ़्तार कर उनपर जुल्म ढाती है।

सुखदेव राज हम इसका विरोध करेंगे चन्द्रशेखर जी....

(सभी... हां....हां... हम इसका विरोध करेंगे....)

यशपाल पर सुखदेव राज, सिर्फ़ विरोध करने से कुछ नहीं होगा.... जेल में बंद भगत सिंह और बटुकेश्वर दत्त को किसी तरह से बाहर लाना ही होगा।

आज़ाद यशपाल जी बिल्कुल ठीक कह रहे हैं। इसी पर विचार करने के लिए हम यहां इकट्ठे हुए हैं। मित्रो, अब कोई अन्य उपाय नहीं सूझ रहा। वैसे भी हम जेल की दीवारों को तोड़कर अपने साथियों को शायद ही बाहर निकाल पायें। अब तो बस, एक ही तरीक़ा है– आक्रमण। और आक्रमण ऐसे समय किया जाये जब उन्हें 'बोर्स्टल जेल' से निकालकर कोर्ट ले जाने के लिये लॉरी में बैठाया जा रहा हो। भगत सिंह भी ऐसा ही चाहते हैं......पर...

यशपाल पर क्या आज़ाद जी....

आज़ाद इसके लिए हमें बम बनाना होगा.....

मैं यहीं हूं–**44**

बोहरा   (कुछ सोचते हुए) आज़ाद, सही कह रहे हो...
          हम बम बनाएंगे और उसका प्रयोग कर अपने
          साथियों को छुड़ा लायेंगे..... आप तो बस हमें
          सामग्री उपलब्ध करा दें। कल अहले सुबह नदी
          किनारे की झाड़–झुरमुटों के बीच हम इसका
          परीक्षण करेंगे।

आज़ाद   तो ठीक है, यही तय रहा, पर ध्यान रहे, सारे
          काम अत्यंत सावधानी से किए जायें। अब चलें,
          काम पर लग जायें...।

(अंतराल के बाद..... अंधेरे में..... कुछ आकृतियां सामान
के साथ दिखती हैं... सुबह होने को है, पर आकृतियां
स्पष्ट नहीं हैं..... सभी बम बनाने में लगे हैं.... भगवती
चरण बोहरा साथियों के साथ बम बना रहे हैं.... लालटेन
की रौशनी... बीच में उनका हाथ कई बार फिसलता है..
एक साथी बोलता है, ''संभल के दादा''..... बोहरा– ''ठीक
है....'' माथे का पसीना पोंछते हैं.....)

बोहरा   चलो, बम तो तैयार हो गए; अब इसका परीक्षण
           भी कर लिया जाये। क्यों वैशम्पायन, सुखदेव...

वैशम्पायन   जी दादा....।

बोहरा   तो चलो.....। (सुबह के धुंधलके में सभी चल
           पड़ते हैं.... एक जगह रुककर....)

बोहरा   ठहरो..... देखो... सामने बड़ा–सा गड्ढा है... उसी
           में परीक्षण करते हैं...।

सुखदेव	दादा... मैं फेंकता हूं... दादा... इसकी पिन तो ढीली है... क्या करूं...
वैशम्पायन	अरे, कुछ नहीं होता... परीक्षण ही तो करना है. ... लाओ, मैं देखता हूं...।
बोहरा	रुको.... लाओ, मुझे दो..... तुमलोग पीछे हटो.... मैं फेंकता हूं....
सुखदेव	रहने दीजिये दादा.... बाद में कर लेंगे....
वैशम्पायन	हां दादा.... आप छोड़ दो...
बोहरा	नहीं, ये काम ज़रूरी है.... इसे नहीं छोड़ सकते. ... हटो... पीछे हटो तुमलोग...।

(तभी विस्फ़ोट होता है...... चीख़ने की आवाज़.... फिर शांति....)

अंतराल

(घर पर दुर्गा कुछ काम कर रही होती है। वैशम्पायन आते हैं.... दरवाजे पर दस्तक....)

दुर्गा	कौन
वैशम्पायन	(धीरे से) मैं वैशम्पायन... भाभी, दरवाज़ा खोलिए।

(दुर्गा दरवाजा खोलती हैं, वैशम्पायन अंदर आते हैं और चुपचाप खड़े हो जाते हैं)

दुर्गा — क्या बात है वैशम्पायन (वैशम्पायन फिर भी चुप रहते हैं) वैशम्पायन जी, क्या हुआ, आप कुछ बोलते क्यों नहीं, सब ठीक तो है.... भगत सिंह, बटुकेश्वर जी... सब अच्छे से तो हैं।

वैशम्पायन — भाभी बहुत अनर्थ हो गया... मैं कैसे कहूं....

दुर्गा — वैशम्पायन हुआ क्या है.... तुम जानते तो हो न कि हम जब क्रांति–पथ पर आए थे तो किसी भी अनहोनी के लिए तैयार होकर आए थे। तुम बताओ... क्या बात है.... ये जान लो कि कोई भी दुख गुलामी के दुख से बड़ा नहीं हो सकता। मैं सह लूंगी.... (अपने आप से... जैसे उसे आभास हो गया हो) सब सह लूंगी....

वैशम्पायन — भाभी, भैया नहीं रहे.... (वैशम्पायन रोते हैं, दुर्गा भाभी जड़वत हो जाती है.... थोड़ी लड़खड़ा जाती है पर पास की कुर्सी को दृढ़ता से थाम लेती है) भाभी, हमारा अभियान अधूरा रह गया..... अब हम क्या करेंगे।

दुर्गा — वैशम्पायन, अपने को संभालो.... इन आंसुओं को व्यर्थ मत करो। अभी हमारी राह और कठिन होने वाली है, लेकिन हमें हिम्मत नहीं हारनी है, हम इस मुहिम को इसके अंजाम तक पहुंचाएंगे और अंग्रेज़ों को यहां से भगा कर ही दम लेंगे। वैशम्पायन, भैया, आप जाइए...।

वैशम्पायन — पर भाभी..... (हाथ के इशारे से दुर्गा वैशम्पायन को आगे बोलने से रोकती है)

दुर्गा — चिंता मत करो वैशम्पायन ... तुम जाओ....।

(वैशम्पायन के जाने के बाद दरवाजा बंद करती है, दरवाजे के बगल में सेल्फ़ पर रखी अपने विवाह की तस्वीर के पास जाती है, उसे छूती है, पृष्ठभूमि से उदास कोरस.... अपने बेटे शचिन्द्र के पास जाती है, वह सो रहा होता है, उसे झूले पर झूलाती हुई धीरे धीरे अपनी आंखें मूंद लेती है... प्रकाश दुर्गा भाभी पर केंद्रित होकर रह जाता है... ..)

9

(वर्तमान)

(दुर्गा भाभी जैसे उसी कालखंड में खोई हैं.... आंखें खुली हैं, पर कोई हरकत नहीं है...।)

साहित्यकार   दुर्गा भाभी.... दुर्गा भाभी.... आप ठीक तो हैं.... ये लीजिये पानी....।

दुर्गा   **(पानी का एक घूंट पीकर गिलास रख देती है।)** लगभग साढ़े चार साल की उमर में शचि के सिर से पिता का साया उठ गया, उस अबोध को क्या पता। मैंने अपना सबकुछ खो दिया था, पर मुझे देश के लिए जीना था, अपने क्रांतिकारी भाइयों की मदद के लिये ज़िन्दा रहना था। उसके बाद मैं पहचान बदलकर कई बार जेल में भगत सिंह से मिली.... क्रांतिकारी भाइयों के संदेश उन तक पहुंचाने के लिये कभी कपड़ों की तुरपन खोलकर संदेश उनपर लिखे जाते थे और वापस सिलकर उन्हें भेज दिये जाते थे. ....कभी मदार के दूध या प्याज के रस से लिखे जाते थे.... जिन्हें बाद में आंच दिखाकर आसानी से पढ़ा जा सकता था।

साहित्यकार   वाह.... कितनी बुद्धि और परिश्रम का काम है ये।

दुर्गा	हां... पर यह ज़्यादा दिनों तक चल नहीं सका।
साहित्यकार	क्यों.... ऐसा क्या हुआ....
दुर्गा	क्योंकि लाहौर की पुलिस मेरे पीछे हाथ धोकर पड़ गई थी.... इसलिये गिरफ़्तारी से बचने के लिये मुझे फ़रार होना पड़ा। फरारी के दिनों में कभी मुस्लिम महिला का रूप धरा तो कभी यूपी की ठेठ ग्रामीण महिला का.... चूंकि लाहौर की पुलिस मुझे अच्छी तरह पहचानती थी इसलिये मुझे लाहौर छोड़ना पड़ा। वहां से वेश बदलकर मैं दिल्ली पहुंची और फिर इलाहाबाद, जहां सुशीला दीदी पहले से मौजूद थीं। वहां पहुंचकर मैंने 'क्रॉसवेथ कॉलेज' में दाख़िला ले लिया और छद्म नाम 'सुभद्रा' रखकर हॉस्टल में रहने लगी।
साहित्यकार	और शचि.... वे भी तो आपके साथ ही होंगे....
दुर्गा	हां..... वहां सुशीला दीदी 'मातृ मंदिर' नाम से एक संस्था चलाती थीं, जहां वो बच्चों को पढ़ाती भी थीं। शचि को उन्हीं के संरक्षण में मैंने 'मातृ मंदिर' में रखवा दिया और मैं पूरी तरह से क्रांतिकारी गतिविधियों में सक्रिय हो गई। फिर मैं रात में चोरी–छिपे बैठकों में भाग लेने जाने लगी। पर एक दिन हॉस्टल की वार्डेन मिस पोवैया ने मेरी चोरी पकड़ ली। फिर मुझे और सुशीला दीदी दोनों को हॉस्टल और कॉलेज से निकाल दिया गया।
साहित्यकार	ये तो बहुत बुरा हुआ.... फिर आप कहां गईं....

दुर्गा	हमदोनों लगभग एक महीने पुरुषोत्तम दास टंडन जी के यहां रहे। इलाहाबाद में आज़ाद भइया हमारे साथ थे और हमारा उत्साह बढ़ाते रहते थे.... उस समय दल को हथियारों की बड़ी ज़रूरत थी।

(दृश्य)

(चन्द्रशेखर आज़ाद चिन्तित टहल रहे हैं..... दुर्गा का प्रवेश... वह एक क्षण खड़े रहकर आज़ाद को देखती है, फिर पास आती है....)

दुर्गा	दादा.... (चन्द्रशेखर आज़ाद हाथ के इशारे से उसे रोकते हैं, फिर टहलने लगते हैं)
आज़ाद	(कुछ बड़बड़ाते हैं.... ''नहीं... नहीं... कैसे होगा...'' आदि–आदि)
दुर्गा	दादा, आपको इतना परेशान पहले कभी नहीं देखा.... क्या बात है... मुझसे नहीं कहेंगे।
आज़ाद	(चौंककर) हां... हां... तुमसे तो कह ही सकता हूं, कहना ही पड़ेगा।
दुर्गा	तो कहिये, क्या बात है....
आज़ाद	बात ये है दुर्गा कि हमें हथियारों की बहुत ज़रूरत है। हथियार जयपुर से आयेंगे। पर कोई लाने वाला नहीं है। हर तरफ़ पुलिस चौकन्नी है और पकड़े जाने का ख़तरा है।

मैं यहीं हूं–51

दुर्गा   बस, इतनी—सी बात... तो मैं किस दिन के लिये
               हूं, मैं ले आऊंगी।

आज़ाद   पर तुम्हारे ऊपर तो पहले से वारंट है.... तुम
               कैसे....

दुर्गा   दादा, आप चिन्ता मत कीजिये, हो जायेगा। ये
               बताइये, जाना कब है...।

आज़ाद   सुनो, मैं समझाता हूं.... **(दोनों मंत्रणा करने
               लगते हैं, प्रकाश मंद पड़कर बुझ जाता
               है।)**

10

(वर्तमान)

साहित्यकार परन्तु आप इतने हथियार लाती कैसे थीं। आप तो स्वयं फ़रारी में थीं, ऊपर से पुलिस का सख़्त बंदोबस्त रहा होगा....

दुर्गा अरे कुछ नहीं.... पिस्तौल–रिवॉल्वर मैं अपने शरीर पर कस के बांध लेती थी.... और ऊपर से मारवाड़ी वेशभूषा– लहंगा, कोटी, दुपट्टा आदि लपेट लेती थी।

साहित्यकार बाप रे.... पुलिस को कभी शंका नहीं हुई.... कभी तलाशी–उलासी....।

दुर्गा नहीं रे.... तब आज की तरह महिला पुलिस नहीं होती थी... इसलिये महिलाओं के शरीर की तलाशी भी नहीं होती थी...।

साहित्यकार तो ये सिलसिला काफ़ी दिनों तक चला होगा।

दुर्गा हां, और कभी पकड़ी नहीं गई, किसी को कुछ शक ही नहीं हुआ। ऐसे करते–करते 1930 आ गया। हालांकि मैं काफ़ी हथियार ला चुकी थी, पर आज़ाद भइया इससे संतुष्ट नहीं थे। वे जब भी मिलते, किसी गहरी सोच में डूबे मिलते.....।

(दृश्य)

दुर्गा	दादा, अबतक तो काफ़ी हथियार इकट्ठे हो चुके हैं... अब और लाने की ज़रूरत है क्या..।
आज़ाद	दुर्गा, हथियार तो तब काम आयेंगे न, जब उन्हें चलाने वाले हों। हमारे ज़्यादातर साथी या तो पकड़े जा चुके हैं या शहीद हो चुके हैं। तो ये हथियार किस काम के। मुझे लगा था कि संगठन के काम में तेज़ी आयेगी, क्रांतिकारी दल का काम पूरे देश में तेज़ी से होगा, पर वहां भी कुछ नहीं हो पा रहा है।
दुर्गा	तो दादा, मेरे लिये क्या आज्ञा है.....
आज़ाद	**(सोचते हुए)** अं... ऐसा करो दुर्गा... कि तुम विश्वनाथ वैशम्पायन और सुखदेव राज को लेकर बंबई चले जाओ...। वहां वैशम्पायन के एक रिश्तेदार हैं, उनके यहां ठहर जाना। वहां कोई दिक्कत नहीं होगी।
दुर्गा	जी दादा, पर हम वहां करेंगे क्या....
आज़ाद	हां, वहां बंबई में पृथ्वी सिंह आज़ाद जी हैं। उनका पूरा सहयोग तुम्हें मिलेगा। उनकी मदद से वहां के पुलिस कमिश्नर लॉर्ड हैली की हत्या की योजना बनाओ और जब पूरी योजना तैयार हो जाये तो वैशम्पायन को कानपुर भेज देना, मैं उसके साथ बंबई आ जाऊंगा।
दुर्गा	पर दादा, ये काम तो हम अकेले भी कर सकते हैं, आपके आने की क्या ज़रूरत....

मैं यहीं हूं—**54**

| आज़ाद | नहीं दुर्गा, तुम बस योजना बनाओ.... उसपर अमल मेरे आने के बाद ही होगा। |
| दुर्गा | जी दादा...। |

दृश्य

(दुर्गा अभी अपने घर पर साथियों के साथ मंत्रणा कर रही है)

दुर्गा	देखो, भगत सिंह, राजगुरु और सुखदेव को सैंडर्स की हत्या के आरोप में अंग्रेज़ी सरकार ने आजीवन कारावास का फ़रमान सुना दिया है। इस सरकार को लगता है कि इन्हें आजीवन जेल में बंद कर देने से आंदोलन समाप्त हो जाएगा तो यह उनकी भारी भूल है।
वैशम्पायन	हम क्या करेंगे दुर्गा भाभी.... हमारा आंदोलन तो छिन्न–भिन्न हो गया।
दुर्गा	नहीं... हम इसका बदला लेंगे और सरकार को जतायेंगे कि आंदोलन समाप्त नहीं हुआ है... उनके लिए अच्छा होगा कि देश छोड़कर चले जाएं नहीं तो आगे और इसके भयंकर परिणाम उन्हें भुगतने होंगे।
पृथ्वी	तुम क्या करना चाहती हो दुर्गा....।

दुर्गा सुखदेव, मैंने तुम्हें लॉर्ड हैली की रेकी करने के लिये कहा था, उसका क्या हुआ....।

सुखदेव हैली का बंगला मालाबार हिल्स पर है, जो उसके दफ़्तर से दूर है। पर उसके चारों ओर हमेशा पुलिस वाले मौजूद रहते हैं। आने–जाने वाली गाड़ियों के नम्बर नोट किये जाते हैं और उधर से रास्ता भी बंद कर दिया गया है।

वैशम्पायन तो क्यों न हमला उसके दफ़्तर में किया जाये।

दुर्गा नहीं वैशम्पायन, वहां तो और भी सुरक्षा होगी। मुझे ये लगता है कि हैली की हत्या उसके बंगले के आसपास आसानी से की जा सकती है, या तो गाड़ी में जाते समय या दफ़्तर से लौटते वक़्त... **(सोचते हुए टहलने लगती है.... अचानक रुककर...)**

दुर्गा सुखदेव, ऐसा करो कि तुम मेरा एक विजिटिंग कार्ड छपवा दो.... नाम रहेगा... हां, 'शारदा'......। इस नाम से हैली से मुलाक़ात के लिये मैं अपना विजिटिंग कार्ड भिजवाऊंगी। जब मुझे अन्दर बुलाया जायेगा तो मैं हैली के पास जाऊंगी और उसे गोली मार दूंगी.... सुखदेव मुझे कवर देगा और कोई बीच में आया तो वैशम्पायन तुम उसका काम तमाम करोगे।

पृथ्वी ठीक है, मैं बाहर कार में इंतज़ार करूंगा और किसी भी परिस्थिति के लिये तैयार रहूंगा।

दुर्गा पर एक समस्या है।

सुखदेव समस्या क्या है भाभी...।

दुर्गा	समस्या है कि इस कार्रवाई से पहले शचि को किसी सुरक्षित जगह पर भेजना।
पृथ्वी	अरे, कोई समस्या नहीं है। वो मेरा दोस्त है ना, डॉ. काणे.... भाव नगर में.... उसको बोल के शचि को वहां रखवा दूंगा।
दुर्गा	फिर तो ठीक है....। यही तय रहा।
वैशम्पायन	पर आज़ाद भइया ने कहा था कि ऐक्शन से पहले मैं उन्हें बंबई ले आऊं।
दुर्गा	हां, तो वैशम्पायन जी, आप आज ही कानपुर चले जाइये और आज़ाद भइया को यहां ले आइये। हम उनका इंतज़ार करेंगे।
वैशम्पायन	जी, ठीक है।

अंतराल

(दुर्गा भाभी बेचैन होकर कमरे में टहल रही हैं.... पास में पृथ्वी सिंह बैठे हैं, पर कुछ बोल नहीं रहे.... दुर्गा भाभी बीच–बीच में कुछ बुदबुदा रही हैं, जैसे अपने से बात कर रही हों....)

| दुर्गा | इस सरकार ने आख़िर हमें समझ क्या रखा है, भगत सिंह, राजगुरु, सुखदेव को फांसी की सज़ा सुना दी, और हम यहां हाथ पर हाथ धरे बैठे हैं। |

पृथ्वी   पर दुर्गा, हम कर ही क्या सकते हैं......
वैशम्पायन जी को भी गए कितने दिन हो गए।
कोई ख़बर नहीं उनकी। अब तक तो उन्हें
आज़ाद जी को लेकर आ जाना चाहिये था।

दुर्गा   हमें कुछ–न–कुछ करना ही होगा पृथ्वी सिंह
जी.... हम और इंतज़ार नहीं कर सकते। हमें
फौरन ऐक्शन करना होगा।

पृथ्वी   लेकिन दुर्गा, तुम जानती हो, आज़ाद जी के
आये बिना हम इस काम को नहीं कर सकते।

दुर्गा   क्यों नहीं कर सकते... क्या हम सक्षम नहीं हैं...

पृथ्वी   सक्षम हैं दुर्गा.... हम उनके बगैर भी कर सकते
हैं, पर आज़ाद जी की अनुमति के बिना ऐसा
करना क्या ठीक होगा।

सुखदेव   हां, पृथ्वी सिंह जी सही कह रहे हैं। आज़ाद
भइया की अनुमति के बिना कुछ भी करना दल
के नियमों का उल्लंघन माना जायेगा।

दुर्गा   **(उत्तजना से)** फिर तो आपलोग हाथ पर हाथ
धर के बैठे रहिये और इंतज़ार कीजिये उनका,
या कि जबतक हमारे भाइयों को सूली पर न
चढ़ा दिया जाये.... इंतज़ार कीजिये..... करते
रहिये।

पृथ्वी   दुर्गा, उत्तेजित मत हो.... वैसे भी हम उनका
इंतज़ार काफ़ी कर चुके। उन्हें आना होता तो
अब तक आ जाते। ज़रूर किसी काम में फंस
गये होंगे। लेकिन हमें अब ऐक्शन करना ही

होगा। हम तुम्हारे साथ हैं दुर्गा, बोलो, क्या करना है।

दुर्गा   ठीक है... मोटर गाड़ी और ड्राइवर की व्यवस्था तो वैशम्पायन जी कर के ही गये थे। हमारे ड्राइवर सेना से अवकाशप्राप्त सैनिक जनार्दन बापट जी हैं। उन्हें बुलाइये... पर फ़ाइनल ऐक्शन के पहले हमलोगों को एक बार टारगेट की स्थिति समझ लेनी चाहिए।

सुखदेव   जी, अभी बुलाता हूं.....।

अंतराल

दुर्गा   आपने देखा न, पूरा का पूरा मालाबार हिल पुलिसवालों से घिरा हुआ है। आने–जाने वाली गाड़ियों के नम्बर अब भी नोट किये जा रहे हैं।

सुखदेव   भाभी, उधर का रास्ता भी बंद है। इसलिये पुलिस कमिश्नर की कोठी तक गाड़ी ले जाने का प्रश्न ही नहीं उठता।

पृथ्वी   तो फिर..... ऐक्शन किसी और दिन करें... थोड़ा मामला हलका हो जाये तो.....

दुर्गा   नहीं.... पृथ्वी जी, चाहे कुछ हो जाये, ऐक्शन आज ही होगा.... हैली नहीं तो कोई और सही। बापट जी, आप कार को लेमिंग्टन रोड स्थित पुलिस स्टेशन ले चलिये..... उसमें अधिकतर गोरे पुलिस अधिकारी रहते हैं। हम उस थाने पर

आक्रमण करेंगे और बदला लेंगे। चलिये बापट जी.....

बापट जी.....।

(अंतराल)

9 अक्तूबर, 1930

(कार की आवाज)

दुर्गा हां, थाना आ गया... वह... वहां उस पेड़ की आड़ में गाड़ी धीमी करो... हां... बस... यहां से निशाना ठीक बैठेगा....

पृथ्वी अरे दुर्गा, देखो, मालाबार हिल की ओर से एक कार आ रही है...

सुखदेव हां.... और उसपर गवर्नर का झंडा लगा हुआ है।

दुर्गा वाह... ये तो बड़ी अच्छी बात हो गई। आये थे मछली पकड़ने और जाल में आ गया मगरमच्छ। रुको, देखो...... कार रुक गई है.....उसमें से जो भी उतरेगा, पृथ्वी सिंह जी, आप बस 'शूट' बोलना.... हम निशाना लगा रहे हैं।

पृथ्वी कार का दरवाज़ा खुला है। आगे की सीट से शायद अर्दली उतरा है। वो पीछे का गेट खोल रहा है। सावधान.... कार से एक अंग्रेज़ अफ़सर उतर रहा है.... एक... दो... तीन... शूट..

(फ़ायर की आवाज.... गाड़ी तेज़ होती हुई....)

सुखदेव — उनलोगों ने हमें देख लिया है.... गाड़ी तेज़ चलाओ बापट... और तेज़...

पृथ्वी — बापट... शुक्र है तुम्हारी अच्छी ड्राइविंग का कि हम पुलिस के हत्थे चढ़ने से बच गए....

(सब की हंसी)

दुर्गा — पुलिस हमें यूं ही कैसे पकड़ लेगी... अभी तो हमें ढेरों काम करने हैं....

सुखदेव — जी भाभी..... पुलिस बहुत जोर–शोर से अब लंबे बालों वाले लड़के को ढूंढ़ेगी, जिसने थाने पर गोलियां चलाई थीं......

दुर्गा — हूं..... लंबे बालों वाला लड़का..... (सब हंसते हैं)

11

(वर्तमान)

(दुर्गा और साहित्यकार हंसते हैं...)

साहित्यकार   तो पुलिस को लंबे बालों वाला लड़का मिला या नहीं... **(हंसी)**

दुर्गा   कैसे मिलता.... वो तो उनकी पहुंच से दूर कानपुर पहुंच चुका था.... **(हंसती है)** पर मुझसे एक बहुत बड़ी ग़लती हो गई...।

साहित्यकार   ग़लती... और आपसे... नामुमकिन....।

दुर्गा   हुआ यूं कि भागने के चक्कर में दादर वाले घर पहुंचकर जब मैंने कपड़े बदले तो जल्दबाज़ी में वो काली साड़ी वहीं छूट गई जो घटना के वक़्त मैंने पहन रखी थी। तलाशी में वो साड़ी पुलिस को मिल गई, आगे चलकर मुक़द्दमे के दौरान जिसे बतौर सबूत प्रस्तुत किया गया। ये मेरे जीवन की सबसे बड़ी भूल थी।

साहित्यकार   तो आप जब कानपुर पहुंची होंगी तो चन्द्रशेखर आज़ाद जी बहुत नाराज़ हुए होंगे। आपने उनके आदेश का उल्लंघन कर इतना बड़ा ये कांड जो कर डाला था।

दुर्गा   बिल्कुल सही कहा तुमने..... मैं और सुखदेव जब बंबई से चले तो वाकई बहुत भयभीत थे। पर

उनके सामने जाने के अलावा हमारे पास कोई चारा नहीं था।.....

दृश्य

आज़ाद मैंने मना किया था न कि मेरे आये बगैर कुछ मत करना, पर तुमलोगों ने....

दुर्गा दादा, हम तो आपका इंतज़ार कर ही रहे थे, पर आप आये नहीं....

आज़ाद तो क्या हुआ.... और इंतज़ार कर लेते.... यहां कानपुर आने के बाद वैशम्पायन जी को हैजा हो गया, जिसके चलते हमें आठ–दस दिन यहीं रुकना पड़ा। इसलिये ये सूचना तुमलोगों तक हम नहीं पहुंचा पाये। वे कल ही तो बंबई के लिए निकले हैं....।

दुर्गा क्या.... कहीं वे पकड़े न जायें....

आज़ाद क्या पता..... और आपलोगों को पता तो चल ही गया होगा कि जिसकी हत्या आप कर के आये हैं वह सार्जेंट टेलर और उसकी पत्नी थी....?

सुखदेव जी, अख़बारों से हमें मालूम हो गया था....

दुर्गा पर दादा, इससे क्या फ़र्क पड़ता है... हमें गोरी सरकार के सामने अपनी उपस्थिति दर्ज़ करानी थी, सो करा दी...

आज़ाद फ़र्क पड़ता है दुर्गा.... फ़र्क पड़ता है। निर्धारित योजना का असफल हो जाना हमारे मनोबल को कमज़ोर करता है। ये तो वही बात हुई कि चले

मैं यहीं हूं–**64**

थे शेर का शिकार करने और मार लाये खरगोश। मूल योजना की जगह पुलिस सार्जेंट और उसकी पत्नी की हत्या—जैसा साधारण कांड करके व्यर्थ का ज़ोख़िम उठाना ठीक नहीं था।

दुर्गा   तो दादा, अब क्या करें....।

आज़ाद   कुछ नहीं.... अब तुम यहीं कुछ दिन छुपी रहो। वहां बंबई में ख़ूब तलाशियां होंगी। हो सकता है बापट, वैशम्पायन और पृथ्वी जी गिरफ़्तार भी हो जायें।

दुर्गा   पर वे हमारा या किसी का भी नाम पुलिस को नहीं बतायेंगे दादा, ये मैं जानती हूं।

आज़ाद   ये तो मुझे भी पता है।

दुर्गा   लेमिंग्टन रोड पुलिस स्टेशन में मौजूद सिपाहियों ने कार में बैठे चार आदमियों में से एक लम्बे बालों वाले लड़के को देखा था... मेरी एक ग़लती की वजह से उन्हें मेरे बारे में पता चल जायेगा कि वो लंबे बालों वाला लड़का मैं ही थी।

आज़ाद   (प्रश्नवाचक मुद्रा में, थोड़े क्रोधित—से देखते हैं)

दुर्गा   (नज़रें नीचे झुकाकर) जल्दबाज़ी में वो काली साड़ी वहीं छूट गई जो घटना के वक़्त मैंने पहनी थी।

आज़ाद   (थोड़ी देर तक दुर्गा को देखते रहते हैं, फिर तेज़ी से बाहर निकल जाते हैं....)

मैं यहीं हूं—66

12

(वर्तमान)

साहित्यकार ये समय तो बहुत कठिन रहा होगा आपके लिये, पुलिस से छुपते–छुपाते कहां–कहां भटकी होंगी आप... ।

दुर्गा नहीं। मेरे लिये उससे भी ज़्यादा कठिन वक़्त वह था जब 27 फ़रवरी, 1931 को मेरे और शचि के अभिभावक समान नायक चन्द्रशेखर आज़ाद भइया ने पुलिस मुठभेड़ के बाद अपनी पिस्तौल की आख़िरी गोली से आत्मबलिदान कर लिया। वे आज़ाद आये थे और आज़ाद ही गए। उनका जाना मुझे तोड़ गया था। उनके जाने से दल भी छिन्न–भिन्न हो गया। कोई ऐसा नेता ही नहीं बचा जो उनका स्थान ले पाता। मैं और सुशीला दीदी उस दिन भइया के आख़िरी आदेश का पालन के लिये ही दिल्ली में थीं। आज़ाद भइया का पैग़ाम गांधी जी के नाम था जो मुझे उनतक पहुंचाना था। उन्होंने गांधी जी से ये प्रार्थना की थी कि यदि वे अपने निजी प्रभाव से भगत सिंह, सुखदेव और राजगुरु की फांसी की सज़ा लॉर्ड इरविन से माफ़ करा दें तो दल उनके सामने समर्पण कर हिंसा का मार्ग

छोड़ देगा। परन्तु हमारा ये प्रयास असफल सिद्ध हुआ।

साहित्यकार दुर्गा भाभी, एक बात कहूं..... आपकी याद्दाश्त काफ़ी अच्छी है। अच्छा, तो फिर क्या हुआ ?

दुर्गा फिर क्या.......। हम वहां से निराश होकर लौट आये......। पुलिस मेरे पीछे लगातार लगी रही और उससे बचने के लिये मैं दिल्ली से देहरादून, मसूरी, हरिद्वार, ऋषिकेश और न जाने कहां–कहां भटकती रही। तभी मुझे ये एहसास हुआ कि निरुद्देश्य क्रांति ऊर्जा का विनाश ही करती है। भटकने से तो बेहतर है कि मैं आत्मसमर्पण कर दूं और दूसरे माध्यमों से देश की सेवा करूं.... इसलिये मैं वापस लाहौर आ गई।

साहित्यकार पर आपका मकान तो पुलिस ने ज़ब्त कर रखा था, तो लाहौर में आप रहीं कहां....।

दुर्गा बिल्कुल ठीक सवाल किया तुमने... मैं एक दूसरे मकान में अपने किरायेदार के यहां थी। पुलिस ने मुझे वहीं से गिरफ़्तार किया पर मैं निश्चिंत थी कि पुलिस के पास मेरे विरुद्ध मुक़द्दमा चलाने लायक़ कोई आरोप नहीं था। न ही मेरे विरुद्ध कोई मुक़द्दमा विचाराधीन था।

साहित्यकार तो पुलिस ने फिर छोड़ दिया होगा आपको....

दुर्गा नहीं.... सीनियर सुपरिटेंडेंट पुलिस जैनकिन्स मुझे किसी क़ीमत पर छोड़ना नहीं चाहता था, इसलिए उसने मुझे 'स्टेट प्रिज़नर' बनाकर, पुलिस रिमांड पर लाहौर छावनी भेज दिया.......

छावनी से मुझे रात दस बजे महिला जेल पहुंचाया गया जहां पहली रात 'सी' क्लास में ख़ूंखार अपराधी महिलाओं के साथ मुझे रखा गया। दूसरे दिन 'बी' क्लास में भी अकेला रखा गया। लगभग पन्द्रह दिनों बाद मेरा 'रिलीज़ वारंट' लेकर मजिस्ट्रेट खुद आया।

साहित्यकार   फिर तो आप आज़ाद हो गई होंगी।

दुर्गा   नहीं.... उधर 'रिलीज़ वारंट' आया और इधर पुलिस एक और गिरफ़्तारी वारंट लेकर हाज़िर हो गई। ये नाटक कई बार चला। मैं 12 सितम्बर, 1931 से जेल में बंद थी। तब भी पुलिस मेरे विरुद्ध कोई प्रमाण जुटा नहीं पाई, इसलिये आख़िरकार दिसंबर–1932 में मुझे जेल से तो रिहा कर दिया..... पर आगे के तीन बरसों के लिये लाहौर में ही नज़रबंद करके रखा और 1935 आते–आते मुझे लाहौर और दिल्ली– दोनों जगहों से निष्कासित ही कर दिया।

साहित्यकार   ओ, अब समझा कि आप दिल्ली छोड़कर यहां ग़ाज़ियाबाद में क्यों रह रही हैं, क्योंकि ये दिल्ली में तो है नहीं।

दुर्गा   बिल्कुल सही समझे साहित्यकार। इसके और भी कारण थे। मेरे पास जमापूंजी बची नहीं थी। मेरी संपत्ति भी संबंधियों ने हड़प लिये थे और उससे बढ़कर हमारे संगठन के अधिकतर सहयोगी दिल्ली में थे, सो ग़ाज़ियाबाद मेरे लिये सबसे मुफ़ीद था।

साहित्यकार तो निष्कासन का एक साल आपने यहां निकाला।

दुर्गा हां, यहां अभी घंटाघर के पास जो 'कन्या वैदिक इंटर कॉलेज' है, उसका नाम उस समय 'प्यारे लाल गर्ल्स हाई स्कूल' था, मैं वहां पढ़ाने लगी।

साहित्यकार तो 1936 का अंत आते–आते आपकी निष्कासन की सज़ा भी समाप्त हो गई होगी।

दुर्गा (हंसकर) मैं जानती हूं साहित्यकार कि तुम क्या जानना चाहते हो...। बिल्कुल ठीक समझे.. सज़ा की अवधि पूरी होते ही मैंने स्कूल में त्यागपत्र दे दिया और दिल्ली आकर कांग्रेस में शामिल हो गई।

साहित्यकार और आप दिल्ली प्रदेश कांग्रेस की अध्यक्ष चुन ली गईं।

दुर्गा अरे वाह... तुम तो मेरे बारे में बहुत जानते हो साहित्यकार....

साहित्यकार बहुत नहीं... थोड़ा सा... पर आपकी जुबां से आपकी कहानी सुनने की बात ही कुछ और है, सबकुछ जैसे मेरी आंखों के सामने घटित होता रहा...।

दुर्गा हां, पर जल्दी ही कांग्रेस से मेरा मोहभंग हो गया और सुभाष चन्द्र बोस के अध्यक्ष–पद छोड़ने के बाद मैंने भी कांग्रेस की सदस्यता से त्यागपत्र दे दिया और दिल्ली से मद्रास चली गई। वहां छोटे बच्चों को पढ़ाने में निपुणता प्राप्त करने के लिये 'मांटेसरी शिक्षा संस्थान' में

दाख़िला ले लिया। प्रशिक्षण के बाद मैं लखनऊ लौटी और 20 जुलाई, 1940 को 'लखनऊ मांटेसरी स्कूल' की स्थापना की। शुरुआत में पूरे विद्यालय में सिर्फ़ पांच छात्र थे। एक और मज़ेदार बात बताऊं, राजीव गांधी और संजय गांधी भी कुछ समय के लिये यहां पढ़ने आये थे।

साहित्यकार   हां, ये बात बहुत कम लोगों को मालूम होगी....

दुर्गा   आज ये इंटर कॉलेज है और अब इसका नाम है 'लखनऊ मांटेसरी इंटरमीडिएट कॉलेज'। पहले ये किराये के मकान में चला करता था पर मैंने इस स्कूल के लिए ज़मीन ख़रीदी....

साहित्यकार   तो आप उस स्कूल को छोड़ यहां ग़ाज़ियाबाद क्यों आ गईं....

दुर्गा   मेरी तबीयत बराबर ख़राब रहने लगी थी। वहां कोई अपना नहीं था देखभाल करने वाला। शचीन्द्र यहीं थे, ग़ाज़ियाबाद में... सो यहां चली आई... तुम देख रहे हो न, अभी भी मेरी तबीयत ठीक नहीं है। इतनी देर तक मैं कैसे तुम्हारे सामने बोल गई, मैं भी हैरान हूं। अब तुम जाओ, सबकुछ तो बता दिया तुम्हें साहित्यकार, अब बचा क्या है, ये सूखी ठठरी–भर देह.... पता नहीं कब भस्म हो जाये..

साहित्यकार   आप ऐसा क्यों कह रही हैं.... ईश्वर आपको उम्रदराज़ करे....।

दुर्गा   अब उम्र लेकर क्या करुंगी... जितना देखना था, देख चुकी; जितना करना था, कर चुकी... अब

मैं यहीं हूं–71

कोई लालसा नहीं बची.... जाओ साहित्यकार...
जाओ.... अब फिर नहीं आना, क्योंकि अब जब
भी आओगे, मेरी जुबां को ख़ामोश ही पाओगे...

साहित्यकार   ठीक है दुर्गा भाभी.... चलता हूं **(पांव छूता है)**

दुर्गा   तूने फिर दुर्गा भाभी कहा.... अरे, मैं तेरी मां की
उमर की हूं....।

साहित्यकार   हां.... भाभी मां....

दुर्गा   जा.... खुश रह और ख़ूब नाम कमा.... आयुष्मान
भव....।

**(प्रकाश लुप्त होता है.... मंच पर अब दुर्गा नहीं हैं...
साहित्यकार चल कर दर्शकों से एकल संवाद करता ह)**

साहित्यकार   ये मेरी दुर्गा भाभी से पहली और आख़िरी
मुलाक़ात सिद्ध हुई, क्योंकि दुबारा जब मैं गया
तो पता चला कि 15 अक्तूबर, 1999 की रात
में 92 वर्ष की आयु में उन्होंने अंतिम सांसें लीं
और जैसा उन्होंने कहा था, ''अब फिर नहीं
आना.... क्योंकि अब जब भी आओगे.... मेरी जुबां
को ख़ामोश ही पाओगे...'' सच में, उनकी जुबां
ख़ामोश हो चुकी थी। फिर भी मुझे ये अहसास
क्यों हो रहा है कि वे यहीं हैं.... हमारे बीच...
जैसे वो कह रही हैं.... मैं यहीं हूं... मैं....

**(''यहीं हूं.... मैं यहीं हूं''– ये वाक्य दुर्गा भाभी की
आवाज़ में सुपरइम्पोज होकर इको में.....)**

(साइक्लोरामा पर दुर्गा भाभी की तस्वीर उभरती है....
छोटे–छोटे बच्चे हाथ में तिरंगा लिये दोनों ओर से
स्टेज पर चढ़ते हैं.... एक 8–9 साल की बच्ची हाथ में
बड़ा–सा तिरंगा लिये गाती हुई मंच के बीच में आती
है....

''हम होंगे क़ामयाब.... हम होंगे कामयाब,

हम होंगे क़ामयाब, एक दिन

हो हो मन में है विश्वास, पूरा है विश्वास

हम होंगे क़ामयाब एक दिन...

होगी शांति चारों ओर, होगी शांति चारों ओर

होगी शांति चारों ओर, एक दिन

हो हो मन में है विश्वास, पूरा है विश्वास

होगी शांति चारों ओर एक दिन...।

हम चलेंगे साथ–साथ

डाल हाथों में हाथ,

हम चलेंगे साथ–साथ, एक दिन

हो हो मन में है विश्वास, पूरा है विश्वास

हम चलेंगे साथ–साथ एक दिन...

नहीं डर किसी का आज,

नहीं डर किसी का आज,

नहीं डर किसी का आज के दिन

हो हो मन में है विश्वास, पूरा है विश्वास

नहीं डर किसी का आज एक दिन...)

हम होंगे क़ामयाब.... हम होंगे क़ामयाब,

हम होंगे क़ामयाब, एक दिन

हो हो मन में है विश्वास, पूरा है विश्वास

हम होंगे क़ामयाब एक दिन...

हम होंगे क़ामयाब एक दिन...

हम होंगे क़ामयाब एक दिन...।

•••

www.ingramcontent.com/pod-product-compliance
Lightning Source LLC
Chambersburg PA
CBHW021126130726
47988CB00003B/1185